映画ノ
るろ
TH

集英社オレンジ文庫

映画ノベライズ

るろうに剣心　最終章 The Beginning

田中　創

原作／和月伸宏　脚本／大友啓史

本書は、映画「るろうに剣心　最終章　The Beginning」の脚本（大友啓史）に基づき、書き下ろされています。

目次

人物紹介

緋村剣心《ひむらけんしん》（抜刀斎《ばっとうさい》）

最強の人斬り。長州藩の暗殺者として暗躍。巴と出会い、人を斬ることに迷いが生じていく。

雪代巴《ゆきしろともえ》

謎の女。緋村の人斬り稼業を咎《とが》める一方、身を案じるが、彼の前に現れたのには理由があった。

桂小五郎《かつらこごろう》

倒幕派・長州藩のリーダー。緋村を暗殺者に任命する。信念を貫く一方、葛藤する彼に心を砕く。

沖田総司《おきたそうじ》

幕府側の浪士隊・新撰組一番隊組長。
緋村を敵対視する一方、同じ匂いも感じている。

高杉晋作《たかすぎしんさく》

倒幕派・長州藩の志士。
緋村を暗殺者に任命しようとする桂に戒めの言葉を送る。

辰巳《たつみ》

幕府直属の隠密組織〈闇乃武《やみのぶ》〉のリーダー。
徳川の世に害をなす緋村の命を狙う。

斎藤一《さいとうはじめ》

幕府側の浪士隊・新撰組三番隊組長。
自分の手で緋村と決着をつけることを、心待ちにしている。

映画ノベライズ

るろうに剣心

最終章

The Beginning

一

時は元治《げんじ》元年。

黒船《くろふね》来航より、十一年の年月が流れていた。

尊王《そんのう》、佐幕《さばく》、攘夷《じょうい》、開国――。さまざまな野望と理想が渦巻《うずま》く中、徳川《とくがわ》幕府と維新志士《いしんしし》、剣を持つものは二つに分かれ、闘いを繰り広げていた。

正義と理想とが衝突する、闘争の時代。

これはそんな時代を生き抜いた、とある人斬りの物語である。


その日、京都の空はどんよりとした厚い雲に覆《おお》われていた。

まだ鶏《にわとり》も鳴かぬ早朝であるせいか、河原町三条《かわらまちさんじょう》の通りにはほとんど人の姿はない。凍るように張り詰めた空気が、静寂《しじま》の世界を支配している。

通りに響いているのは、対馬藩《つしまはん》家臣、平田行成《ひらたゆきなり》の足音と、その喉奥《のどおく》から洩《も》れる荒い吐息だけだった。

「――はあっ、はああっ……！」

平田は、激しい痛みをこらえながら藩邸への道を急いでいた。

痛みの原因は左腕だ。左腕が、燃えるような熱を帯びている。二の腕より先はもう無いはずなのに、あたかもそこに傷ついた腕があるかのように疼痛《とうつう》を訴えている。

この借りは必ず返してやる――。平田は痛む左腕を押さえながら、唇を強く嚙《か》みしめた。耐えがたい激痛と怒りが、胎《はら》の中で渦を巻いている。

平田が腕を失ったのは、つい昨晩のことだった。見回り中、何者かの襲撃を受け、腕を斬り落とされてしまったのである。

突然の襲撃ゆえに、賊《ぞく》の顔を見ることは叶わなかった。しかしある程度、その正体に予想はついている。個人的な怨恨《えんこん》ではない。十中八九、賊は討幕《とうばく》派の刺客《しかく》だろう。ここ何日か続けて、対馬藩の者が辻斬《つじぎ》りに遭《あ》っているからだ。

そしてどうやら、平田の予想は正しかったらしい。つい先ほど、仲間たちから討幕派の刺客を捕らえた旨《むね》の連絡があったのだ。

「大事《おおごと》っちゃあ！　くそっ、大事じゃああっ！　戸を開けんか！　早《はよ》うせいッ！」

復讐《ふくしゅう》に逸《はや》る心を抑えながら、平田は邸内に駆けこんだ。

襖《ふすま》を蹴破《けやぶ》るようにして広間に入る。平田を出迎えたのは、対馬藩老中《ろうじゅう》、勝井隆智《かついたかよし》のぎらついた視線だった。

「……おお、来たか平田」

広間には勝井の他、十人ほどの対馬藩士《なかま》たちの姿があった。彼らが取り囲んでいるのは、麻縄で身体《からだ》を拘束《こうそく》された青年である。

血に染まった漆黒《しっこく》の装束《しょうぞく》。後頭部で結ばれた長い髪。身体つきは女性のように華奢《きゃしゃ》で、平田よりもいくぶん背が低い。元服《げんぷく》したてだろうか。少年といっても差し支えない年齢の男だった。

あん男が刺客か――。平田は、青年を強く睨《にら》み付けた。こんな若造が、本当に討幕派の刺客だというのだろうか。

「此奴《こやつ》ぁなかなか、口ちょ割らん」勝井は無造作《むぞうさ》に青年の顎《あご》をつかみ、平田に向けた。「此奴やないとか？　藩内の佐幕派を襲うて、お前《おんし》の腕を落とした男やないとか？」

平田はしげしげと、青年の顔を検分する。

元々の顔立ちは端整なのだろうが、今や見る影もない。勝井らの殴打《おうだ》により頬《ほお》は腫《は》れ、切れた唇には血が滲《にじ》んでいた。

ふと青年が顔を上げ、その視線がまっすぐに平田を見据える。

平田はぞくり、と背中が震えるのを感じた。激しい拷問《ごうもん》を受けているはずなのに、青年の顔には恐怖や痛苦の色はなかった。ただ闇色の双眸《そうぼう》が、じっくりと平田を睨《ね》めつけている。不気味な男だ、と思う。

平田は「ううむ」と唸《うな》り、勝井に応える。

「なにぶん暗かったもんですけぇ……。こん男、どこで?」

「ゆうべ藩邸ん周りばうろうろしよった」

「そんなら違《ちご》うちょりましょう。そん男、禍々《まがまが》しいこつ、鬼神の如《ごた》る。そげえ簡単に捕まる間抜けじゃなかろうばい」

青年の気味の悪さを打ち払うべく、平田は強がって笑ってみせた。周囲の仲間たちも平田に釣られるようにして、「ははは」と笑う。

そのとき、青年がぼそりと何事かを口走った。

「——新時代のため」

勝井は「そやつぁ、何ち?」と、怪訝《けげん》な表情を浮かべた。

平田はよく聞き取ろうと、青年の口元に耳を寄せる。

青年は静かに、しかしはっきりと呟《つぶや》いた。

「あなた方には、死んでもらう」

平田が「えっ」と思ったときには、すでに遅かった。

側頭部に耐えがたい激痛が走っていた。青年が突然歯を剝《む》き、平田に嚙みついたのだ。

ぶちぶちぶち、と肉が千切《ちぎ》れる音が聞こえる。

一瞬の後、青年は顔を上げ、広間の床になにかを吐き捨てた。

血まみれの肉片。それが嚙み千切られた己の耳だと気づいたとき、平田は「ああああああああ！」と金切《かなき》り声《ごえ》を上げていた。

「こ、このおッ！」「貴様《きさん》、何しよる！」

藩士たちが青年を捉えようと手を伸ばした。

しかし青年は足を振り回し、激しい抵抗を見せる。鳩尾《みぞおち》や急所を蹴られた藩士たちは、くぐもった悲鳴を上げて地面に倒れこんでしまった。

青年の凶行は止まらない。青年はそのまま、平田の近くにいた藩士――長澤《ながさわ》の脇差《わきざし》の柄に嚙みついた。まるで暴れ犬の如《ごと》く、青年はその脇差をがむしゃらに口で引き抜いてみせる。

青年は首を大きく振り、長澤の腹に脇差の刃を突き立てた。

長澤が叫喚《きょうかん》を上げるのと同時に、青年はすぐさま立ち上がった。猛禽《もうきん》のような鋭い瞳で勝井を見据える。

「き、貴様《きさん》、何奴《どやつ》かっ……!?」

勝井は大いに動揺《どうよう》していた。まさか両腕を後ろ手に縛られたままの相手が、ここまで抵抗するとは思わなかったのだろう。

後ずさりする勝井に、青年は脇差の柄を咥《くわ》えたまま飛び掛かった。脇差は深々と勝井の胸に突き刺さり、勝井は断末魔《だんまつま》の叫びを上げる。

青年の端整な顔は、勝井の返り血で赤黒く染まっていた。

「う……うわあああああっ！」

仲間のひとりが刀を抜き、青年に斬りかかる。

しかし、その刀が青年の身体に触れることは叶わなかった。青年は野猿のように素早い体捌《たいさば》きで斬撃《ざんげき》を易々と躱《かわ》し、さらにあろうことか、その斬撃を利用して己の身を拘束する麻縄を断ち切ってしまった。

まるで曲芸だ。青年の人間離れした挙動に、思わず平田は魅入《みい》っていた。

青年は咥えていた刀を即座に手に握り直し、一息で目の前の藩士の首を刎《は》ねた。

自由を得た青年を止めることは、もはや誰にもできなかった。青年は狼狽《うろた》える藩士たちの懐《ふところ》に飛びこみ、次から次へと斬り倒していく。

一人目は足を斬られ、二人目は背中を、三人目は胴体を横一文字《よこいちもんじ》に切断された。広間に仲間たちの阿鼻叫喚《あびきようかん》が谺《こだま》する。

目にも留まらぬ速さ、という喩《たと》えがあるが、この青年が振るう剣はまさにそれだった。あまりにも素早く、そしてあまりにも躊躇《ちゆうちよ》のない太刀筋《たちすじ》。平田はこれまで、ここまで禍々しい剣を見たことがなかった。

まさに鬼神じゃあ――。

平田はこのとき、同時にふたつの確信を得ていた。ひとつは、この青年は間違いなく、平田が三日前の晩に遭遇《そうぐう》したのと同じ人物だということ。そしてもうひとつは、自分たちはまんまと敵の罠《わな》に掛かってしまったということである。

そもそも、こんな常識外れの強さを持った人間が、みすみす敵に捕縛《ほばく》されるはずがない。この青年は捕らえられたのではなく、自ら敵陣に飛びこんできたのだと考えるべきだろう。おそらくは、対馬藩佐幕派《じぶんたち》を皆殺しにするために。

青年の振るう魔性の剣を前にして、もはや誰も抵抗することは敵《かな》わなかった。首が飛び、腕が千切れ、腸《はらわた》がまき散らされる。対馬藩邸は今や、青年による殺戮《さつりく》の舞台へと変わり果てていた。

「だ、誰かっ……！　誰かあっ……！　鬼っ……鬼ばあああいっ！」

平田は嗚咽《おえつ》していた。復讐心も士道もかなぐり捨て、藩邸の廊下《ろうか》を駆けだしていた。

こんなもの、を相手にしていては、命が幾つあっても足りない。自分たちには無理だ。外から応援を呼んでくる必要がある。腕の立つ誰かを。

背中に響く仲間たちの叫声を聞かぬふりをしながら、平田は転がるように藩邸を飛び出していた。

※

――対馬藩邸に賊が侵入し、大量虐殺《ぎゃくさつ》が行われた。

その報せが新撰組のもとに届いたのは、それから数刻後のことである。

現場を訪れた新撰組局長、近藤勇《こんどういさみ》は、邸内に漂う濃厚な血の臭《にお》いに、むっと顔をしかめていた。

新撰組は、京都守護の任を帯びる浪士組《ろうしぐみ》である。治安維持を目的とする役柄上、凶事を目《ま》の当たりにする機会は多い。

しかし、ここまで凄惨《せいさん》な人殺しの現場を見たのは、近藤も数えるほどしかなかった。

犠牲者《ほとけ》の人数は、二十名を超える。両足を斬り裂かれている者、顔の半分を抉《えぐ》られている者。真っ二つに頭蓋《ずがい》を割られている者。あまりにも無残な状況だった。正直、これが人間の手によるものだとは思いたくはない。物の怪《もののけ》の仕業《しわざ》だという方が、まだ理解できる。

近藤はため息交じりに、部下に声をかけた。

「総司《そうじ》、対馬藩の佐幕《さばく》派は全滅だ」

「近藤さん、これで対馬は倒幕に――」

沖田《おきた》総司が呟きかけたそのとき、背後からすすり泣きが聞こえてきた。

「ああ……か、勝井どの……」

嗚咽の主は、三十路《みそじ》前後の隻腕《せきわん》の男だった。たしか、平田という名だったか。

平田は胸部を切り裂かれた死体――おそらくこの男の上役なのだろう――の前に跪《ひざまず》き、悔《くや》しげに右手を強く握りしめていた。

平田は、対馬藩邸の唯一の生き残りである。この男が壬生《みぶ》の屯所《とんしょ》に飛びこんできたおかげで、近藤たちは今回の一件を知ることになったのだった。

副長助勤《じょきん》、斎藤一《さいとうはじめ》が、鋭い目を平田に向けた。

「……そいつはどんな男だった？」

斉藤の手の中にあるのは、賊が残したと思《おぼ》しき斬奸状《ざんかんじょう》だった。平田に詰め寄り、情報を引き出そうと揺さぶりをかけている。

この斎藤という男は、尋問相手が悲しみに暮れていようと容赦《ようしゃ》はしない。己の正義を貫くことに、決して妥協《だきょう》をしない男なのだ。

平田が答える前に、周囲を検分していた沖田が、「ふうむ」と頷《うなず》いた。

「この太刀筋にこの犠牲者《にんずう》。斎藤さん、言うまでもない。〝人斬《ひとき》り抜刀斎《ばっとうさい》〟ですよ」

人斬り抜刀斎――。その凶名に、近藤はごくりと息を呑《の》んだ。

この激動の京都において、いまや抜刀斎の名を知らぬ者はいない。討幕《とうばく》派の走狗《そうく》として、佐幕派の人間を暗殺する凄腕《すごうで》の剣客である。素性《すじょう》も流派も一切不明。姿を見た者は誰もいないが、その悪名は十分すぎるほどに轟《とどろ》いている。なにしろ今年に入って、幕府方の要人が何人も惨殺《ざんさつ》されているのだ。その凶行を止めようとした新撰組隊士にも、数名の殉《じゅん》職《しょくしゃ》者が出ていた。

京都守護職、松平容保《まつだいらかたもり》は、件《くだん》の人斬り抜刀斎こそが討幕派の要《かなめ》であると評している。まずはかの人斬りに対処せねば、京都を護り抜くことはできない――と。

松平の下で動く新撰組にも、抜刀斎に対する捕縛命令が下されていた。人斬り抜刀斎は、近藤らにとって紛《まご》うことなき仇敵《きゅうてき》なのだ。

人相も年齢も、振るう剣筋もわからぬ謎の刺客《しかく》。

果たして、いったいどのような男なのだろうか。

近藤が首を捻《ひね》っていると、沖田が口を開いた。

「血も涙もない、ただの人斬りです」

その飄々《ひょうひょう》とした口調は、十年ほど前、沖田が天然理心流《てんねんりしんりゅう》に入門した頃からなにも変わらない。この新撰組随一《ずいいち》の天才剣士は、人斬り抜刀斎に対して微塵《みじん》の恐れも抱いていないようだった。

「……ふん」

斉藤もまた、不遜《ふそん》な表情で斬奸状を握りつぶしていた。

職務熱心なこの男のことだ。抜刀斎の首を取るためなら、ありとあらゆる手段を躊躇《ためら》いなく講じることだろう。

沖田も斉藤も、近藤にとっては頼もしい仲間である。新撰組の戦力の中核を担《にな》う二人だと言ってもいい。

しかし、と近藤は思う。彼らをもってしても、抜刀斎に太刀打ち出来るものだろうか。目の前の虐殺を――これほどの殺戮をひとりで成し遂《と》げるような男を、果たして止めることが出来るのだろうか。

近藤には、「出来る」と断言することができなかった。

※

元治元年、四月五日。京都所司代《しょしだい》付きの幕臣、清里明良《きよさとあきら》は、同僚たちと共に軽い足取りで屋敷に向かっていた。

四条通《しじょうどおり》を過ぎる夜風が、清里の火照《ほて》った頬《ほお》を撫《な》でる。

酔い覚ましにはぴったりだ。春の夜風は、すっきりとして心地が好い。

すでに時刻は丑《うし》の刻。星ひとつ見えない暗い夜だが、共に歩く同僚たちの表情は、それとは対照的に明るいものだった。

横を歩く先輩の石地《いしじ》が、清里を軽く肘で小突いた。

「それにしても、世の中がこんなときに祝言《しゅうげん》を上げるとはなぁ」

石地の冗談めいた祝福の言葉に、清里は「申し訳ない」と頭を下げる。

「ははは、まあよいではないか」

そう笑ったのは、清里の上役にあたる京都所司代、重倉十兵衛《しげくらじゅうべえ》だ。重倉は、近く所帯持ちになる清里のために、わざわざ宴会を開いてくれたのだった。

清里は、仲間たちの気遣いに感謝していた。

そもそも世情は、討幕派だの人斬りだのと、非常に物騒である。そんな中、自分だけが幸せになるなんて、本当に許されるのだろうか――。清里は若干《じゃっかん》の引け目を感じていたのだが、同僚たちの反応は皆おおらかだった。「この幸せ者」「羨《うらや》ましい奴だ」と清里を祝福してくれている。

重倉も、酒を酌《く》み交わしながら祝福してくれた。世の中がどうだろうと、幸せになろうとするのが悪いことではない、むしろその営《いとな》みの中で新しい時代が紡《つむ》ぎあがっていくことこそ、本当のあるべき姿なのだ――と。

清里は思う。こんな気のいい仲間たちと共に御役目を果たすことが出来る自分は、きっと幸福なのだろう。彼らの思いに応えるためにも、自分は必ず幸せな家庭を築かなければならない。故郷に残してきた、許嫁《いいなずけ》と共に。

同僚たちと談笑しながら歩いていると、ふと、道の先に人影が現れた。

石地が「ん？」と眉《まゆ》を顰《ひそ》める。

現れたのは、黒い装束《しょうぞく》に身を包んだ浪人風の青年だった。髪は長く、背丈は小柄。少年のような風貌《ふうぼう》である。

だが、その眼光は野生の獣のように鋭い。射竦《いすく》められただけで、清里は背筋が凍りつくような恐怖を覚えてしまう。

明らかに、堅気《かたぎ》の人間ではない。

重倉が「誰かおるのか」と声を上げた。

「——京都所司代、重倉十兵衛殿とお見受けする」

青年が静かに答えた。ひしひしとこちらの肌を突き刺すような殺気を放っている。

石地が重倉の前に立ち、叫んだ。

「何者だっ！　名を名乗れいっ！」

しかし青年は答えない。勢いよく地を蹴《け》り、まっすぐにこちらへと向かってくる。驚くほど素早い。獲物を射程に捉えた猫のような身のこなしだった。

清里は、まさか、と身構えた。これだけの人数を相手にひとりで向かってくるなど、相当腕に自信があるということだ。

仮にそんな刺客がいるとすれば、悪名高いあの男以外にはありえない。

「お、お前が抜刀斎か!?」

石地が剣を抜こうとしたその瞬間、青年——人斬り抜刀斎は地を蹴り、夜の闇に跳躍していた。高所で刀を振りかぶり、石地めがけて勢いよく落下する。

上空から振り下ろされた刃が、石地の面《おもて》を容赦なく唐竹《からたけ》に割った。ぐしゃり、と頭蓋が割れる音。石地の鮮血が宙に舞い、四条通の石畳《いしだたみ》を真っ赤に染める。

清里は、ひっ、と息を呑む。

抜刀斎の凶刃は、石地を斬っても止まらなかった。動揺《どうよう》する同僚たちに雷光の如き速度で襲い掛かり、彼らを次々と斬り捨ててしまう。

人間業《にんげんわざ》ではない、と清里は思う。清里の同僚たちは皆、剣を抜くなり一瞬のうちに斬られていた。誰ひとり、剣戟《けんげき》に持ちこむことさえ出来ないのだ。暗闇の中に、断末魔《だんまつま》の呻《うめ》きだけが響いている。

重倉も背中を斬り裂かれ、血まみれで喘《あえ》いでいた。赤く濁《にご》った眼で、男を睨《にら》みつけている。

「ちょ、長州《ちょうしゅう》の回し者が——」

しかし重倉はそれ以上、なにも言うことができなかった。抜刀斎の剣が、重倉の首を勢いよく刎《は》ねてしまったのだ。ふたつに分かたれた京都所司代の身体《からだ》は、惨《むご》たらしく血だまりの中に沈んだ。

目の前の光景に、清里は現実感を失っていた。つい先ほどまで酒を酌み交わしていた仲間たちが、こんなにもあっけなく殺されてしまうだなんて。

抜刀斎の目が、ひとり残った清里を見定める。あの人斬りは、清里のような木っ端《こぱ》役人ですら、生かして帰すつもりはないのだろう。

「お、おのれっ！」

清里は唇を噛《か》みしめ、剣を抜き放った。こんなところで死ぬわけにはいかない。自分には、彼女を――故郷で待つ許嫁を幸せにせねばならぬ責務があるのだ。

「うあああああッ！」

清里は気合い一閃《いっせん》、抜刀斎に向け、上段から刀を打ちこんだ。

しかし、清里の素人《しろうと》剣術など、抜刀斎にとっては見え透いたものだったのだろう。まるで赤子の手を捻《ひね》るかの如く、刀の鍔《つば》で弾かれてしまった。

体勢を崩された清里には、敵の刃から身を守る術《すべ》はない。抜刀斎の刀は、清里を袈裟《けさ》斬《ぎ》りにしてしまった。

肩口から腹部にかけて、灼《や》けるような激痛が走る。噴水のように噴き出た血は止まらない。もはや立っていることも叶わず清里は膝からその場に頽《くずお》れた。

「………」

抜刀斎の冷たい目が、清里を見下ろしている。懐《ふところ》から封書を取り出し、捨てるように地面に投げ捨てた。そこに書かれていたのは、「斬奸状《ざんかんじょう》」の文字。

重倉を斬った時点で、この青年の仕事は終わっていたのだろう。抜刀斎は、もはやこの場所に用はないとでもいうように、無言で背中を見せた。

──畜生《ちくしょう》、畜生、畜生……！

薄れゆく意識の中で、清里は歯を食いしばった。自分の人生はここまでなのだろうか。愛する者を守ることもできず、あっさりと人斬りに殺されて終わりを迎えるのだろうか。

そんなのは嫌だ──。清里は、剣を握る手に力をこめた。

自分を祝福してくれた仲間たちのためにも、それから彼女のためにも、ここで殺されるわけにはいかない。

「し、死にたくないっ……！　死ねない、死ねないいいいっ！」

気づけば清里は、ゆっくりと立ち上がっていた。大量の血を流しながらも、両の足を地につけ、しっかりと刀を握りしめている。

自分でも、どうして再び立ち上がることができたのかはわからない。視界は真っ赤に染まり、心臓がばくばくと唸《うな》りを上げている。身体はとっくに死んでいてもおかしくないはずなのに、心が死ぬことを拒否しているのだ。

抜刀斎も足を止めて振り返り、怪訝《けげん》な表情を浮かべている。

「俺には大事な人がいる……！　死ぬわけにはいかないんだあああああっ！」

清里は死力を振り絞《しぼ》り、握った剣で抜刀斎に斬りかかった。

抜刀斎は冷静な表情で、迎撃の剣を振るう。素早い斬撃《ざんげき》が清里の肩を抉《えぐ》り、あたりに鮮血をまき散らした。

しかし清里は止まらない。刀を弾かれても、脇腹を斬られても、清里はひたすらに剣を振るい続けた。

「うあぁッ！　あああああああぁッ！」

火事場の馬鹿力。窮鼠《きゅうそ》猫を嚙む。精神が肉体を凌駕《りょうが》する。

理屈はなんでもいい。ただ、生きのびることさえできれば——再び彼女に会うことさえできれば、他のすべてを捨てたって構わない。

清里は腹の底から「うわあああっ！」と雄叫《おたけ》びをあげ、抜刀斎に突進した。

「死ねないっ！　死ねない……！　俺にはっ、大事な人がいるっ……！」

清里は、全身全霊の力をこめて刺突《つき》を放った。

しかし——清里のすべてをこめた一撃さえも、抜刀斎には通用しなかった。清里の剣は紙一重《かみひとえ》で躱《かわ》され、反撃の一太刀《たち》を浴びせられてしまう。

「がっ……こひゅ……っ……！」

清里は喉笛《のどぶえ》を切り裂かれ、俯《うつぶ》せに倒れ伏した。喉奥からごぽりと大量の血が逆流し、地面を紅に染める。

もはや立ち上がる力も無かった。視界がだんだんとぼやけ、背筋が冷たくなっていく。

清里は今、逃れようのない死を目前に感じていた。

抜刀斎が、冷たい目で清里を見下ろしていた。

その頬には、一筋の赤い線が走っている。清里の最後の一撃が擦っていたようだ。

抜刀斎は頬に手をやり、じっと眉を顰《ひそ》めていた。清里のような格下の相手に傷を負わされたことが、よほど意外だったのかもしれない。

清里は、無力だった。

噂《うわさ》に聞こえし抜刀斎は、まさに悪鬼のごとき剣の使い手だった。自分にできたのはただ、その頬にほんの小さな刀傷をつけることだけ。反撃にすらなっていない。

だがそれでも、清里は諦めるわけにはいかなかった。

「……死……ねない……！　大事な……人が……いる……のに……！」

残った最後の力で、地面を這《は》いずる。

許嫁の元へ帰る。ただその一念だけを胸に、必死にこの場から逃れようと試みたのだ。

しかし、そんな清里の努力が報われることはなかった。

ざくり、という無慈悲《むじひ》な音。背骨が砕ける感触。

抜刀斎が振り下ろした刀が、清里の背中を貫いた。

煮えたぎるような痛みが脳髄《のうずい》を焼く。清里はもう、言葉を発するどころか、呼吸すらできなくなってしまった。

「…………」

抜刀斎は無言のまま、踵《きびす》を返した。

清里の足掻《あが》きを内心せせら笑っているのか、それとも憐《あわ》れんでいるのか、その昏《くら》い瞳からは、なんの感情も読み取ることはできない。

清里の目に最後に映ったのは、抜刀斎の小さな背中だった。

あの青年はこれから先も、この動乱の京都で人の命を奪うのだろう。幸せを求めて生きる人間たちを、惨《むご》たらしく踏みにじり続けるのだろう。

消えゆく意識の中で、清里はふと思う。

あの冷酷非道《れいこくひどう》な人斬りにも、誰かを愛することがあるのだろうか――と。

※

人斬り抜刀斎。長州藩所属の維新志士《いしんしし》。

本名を、緋村剣心《ひむらけんしん》。

その名を知る者はさほど多くはない。緋村の人となりを知るのは、一部の長州派維新志士《なかま》たちだけだ。

この頃、長州志士たちは、幕府方の目を逃れ、京都のあちこちに潜伏していた。四条大路に面した古宿、小萩屋《こはぎや》もそのひとつである。

その小萩屋の台所で、緋村はひとり木桶《きおけ》の前に佇《たたず》んでいた。

水に濡れた手で、頬に刻まれた傷を撫《な》でる。数日前の夜、京都所司代の家臣に負わされた刀傷だ。

血は止まっているものの、いまだに治る気配はなかった。傷は見た目以上に深いようだ。もしかすると、痕になって残るかもしれない。

頬の刀傷を撫でながら、緋村は思う。

あの夜の仕事は、どうにも気分の良くないものだった。

鼻息荒く向かってくる敵の相手をするなら、まだ心が楽だ。しかし、「死にたくない、死にたくない」と泣き叫ぶ人間を斬るのは、己自身を斬るより難しい。

人斬りとして生きることを選んだ時点で、罪悪感など捨てたはずなのに。

しかし、十人、二十人と屍《しかばね》を積み上げていくうちに、緋村の心の裡《うち》には、澱《おり》のような倦怠感《けんたいかん》が生まれていた。それが自分の弱さなのか甘さなのか――どれだけ割り切ろうと試みても、割り切ることができなかった。

江戸幕府を倒し、新時代を築く。それが一筋縄《ひとすじなわ》で成し遂《と》げられることではないのは十分にわかっている。

それまで自分はあと何度、あのような者たちを斬らねばならないのだろうか。それを思うと、緋村は遣《や》り切れない気分に陥《おちい》るのだった。

もっとも、この小萩屋で不快な面持《おもも》ちを浮かべているのは緋村だけではない。好きで殺し合いをしている人間などいないのだ。

背後の食堂からも、長州志士たちの苛立《いらだ》たしげな声が聞こえてくる。

「……対馬藩が撤退したとはいえ、佐幕《さばく》派の勢いはまだ衰えん」

「我ら長州藩士が、京の表を堂々と歩けるのはまだ先か」

「いつか我らが天下を取る新時代が来る。その日のために、準備せねば」

幕府が擁《よう》する兵力は、ゆうに十万を超える。対して長州藩はせいぜい千程度。戦力差は明らかである。長州藩士たちの不安も大きいのだろう。

「長州藩の汚名返上のため、武力を以《もっ》て志《こころざし》を示す必要がある！」

「いいや！　我々は、慎重に事を運ばねばならない！」

声を荒らげているうちに、ついにつかみ合いの喧嘩《けんか》が始まった。

仲間同士で衝突してしまうのも、仕方の無いことだ。なにしろ三百年間もの間、日本を支配してきた「お上《かみ》」に逆らうのだ。誰も彼もが、強大すぎる敵との戦いに疲弊《ひへい》を隠し切れない様子だった。

しかし――このような状況だからこそ、人斬りが要る。

数で劣る討幕《とうばく》派が勝利をつかむためには、手段を選んでいる暇はない。闇に紛《まぎ》れて敵を減らすことで、少しでも佐幕派の戦力を削《けず》らねばならないのだ。

誰かが手を汚さなければならないのなら、自分がやるしかない。緋村はそう思っている。来《きた》るべき新時代のため。飛天御剣流《ひてんみつるぎりゅう》は、人々の幸せのために振るわれるべきものなのだから。

緋村が己の手のひらにじっと視線を落としていると、ふと、背後から声をかけられる。

「――緋村、ここにおったんか」

振り向くと、飯塚《いいづか》の髭面《ひげづら》があった。

年は四十過ぎ。薄汚れた着流しに身を包んだ、むさくるしい風貌《ふうぼう》の男だ。

飯塚との付き合いは、そろそろ丸一年になるだろうか。外見に反し、明るく気のいい性格の持ち主だ。面倒見もいい。この飯塚は、緋村が長州藩に籍を置いてから、なにかと気を掛けてくれている人物だった。

飯塚は緋村に顔を近づけ、にいっとその髭面を歪めた。

「来い。桂《かつら》先生がお待ちかねじゃ」

緋村は飯塚に連れられ、小萩屋をあとにした。

向かった先は鴨川《かもがわ》の西。西木屋町《にしきやまち》の炭薪商《すみまきしよう》、升屋《ますや》である。河原町五条《ごじよう》通に面した、比較的大きな老舗《しにせ》商店だ。

実はこの升屋、表向きこそ町人向けの商店であるが、裏では討幕派の拠点として機能している。炭薪に紛れるようにして、刀剣や弾薬といった武器の類《たぐい》を長州志士に融通《ゆうずう》してくれているのだ。

緋村が升屋の暖簾《のれん》をくぐると、若い丁稚《でっち》に目配せをされる。すでに話は通っているのだろう。飯塚とふたり、奥座敷へと通された。

奥座敷は、庭に面した、十畳《じよう》ほどの広間だった。中では長州藩の幹部連中が、難しい顔で侃々諤々《かんかんがくがく》の議論を交わしている。

上座には、長身の男の姿があった。

細面《ほそおもて》に切れ長の目。落ち着いた色合いの羽織《はおり》。理知的な雰囲気《ふんいき》を漂わせるこの男は、長州藩討幕派における若き指導者である。

「久しぶりだな、緋村」

男の名は桂小五郎《こごろう》。緋村にとっては、直接の上役に当たる。

桂は緋村の頰《ほお》の傷をまじまじと見つめ、怪訝《けげん》な表情を浮かべた。

「その頰はどうした？」

「重倉の、家臣の者に」

緋村が答えると、桂は「ほう」と興味深そうに頷《うなず》いた。

「お前に一太刀《ひとたち》入れるとは、随分《ずいぶん》な手練《てだ》れがいたものだ」

「腕というよりも……生きようとする執念が凄《すさ》まじかった」

緋村は、あの夜の出来事を反芻《はんすう》する。

あの青年の必死の形相《ぎょうそう》は、数日経った今でさえ、緋村の脳裏《のうり》から離れることはなかった。

死ねない、死にたくない――。ひたすらそう繰り返していたあの男は、いったいどんな大事なものを背負っていたというのだろう。

今更考えたところで、仕方の無いことだ。それはわかっている。

しかし、脳裏に浮かぶあの男の顔から目を背けようとすればするほど、緋村の心は深く澱《よど》んでいくのだった。

そんな緋村の内心を見透かすように、桂がため息をついた。

「何人ひとを斬り殺そうと、慣れんか」

緋村は答えない。桂に対して己の迷いを吐露《とろ》したところで、どうなるわけでもないということを知っているからだ。

目指すべきは討幕。そしてその後に訪れるであろう、新時代。

自分はそのために、淡々と人斬り《しごと》をこなすしかない。

「──桂さん、わざわざ俺を呼んだ理由は？」

あえて桂の質問を無視し、尋ねる。

しかし、周囲にとってはそれが癇《かん》に障《さわ》ったのだろうか。飯塚が「おい緋村！」と難色を示し、桂の側近の片貝《かたがい》も「なんじゃや、その言い草は！」と、むっとした表情を浮かべている。

彼らに構わず、緋村は続けた。

「俺が斬った相手はこの半年で百に近い。いくら存在を隠そうと、そろそろ幕府方が感づく頃。ここに俺が近づくのは得策ではないかと」

「では手短に言おう」桂が居住まいを正した。「幕府の兵力は、日に日に増していっている。特に〝壬生《みぶ》に現れた狼〟──」

「新撰組……ですか」

京都を守護する剣客集団、新撰組。彼らの高い実力は、緋村も身をもって知っている。

厳しい規律と苛烈《かれつ》な訓練によって磨き上げられた彼らの牙は、まさに狼そのもの。幕府の掲げる正義のため、獲物をどこまでも追い詰める。恐るべき獣の群れなのだ。

当然、桂も新撰組の動向には警戒しているのだろう。険しい表情で顎《あご》を撫でている。

「恐らくその実力は、幕府最強だ。お前も十分気をつけてくれ」

桂の真剣な視線が、黙りこむ緋村へと向けられる。

「〝人斬り抜刀斎〟は、今や幕府にとって最大の脅威だ。いつなにを仕掛けてくるか、わからん」

緋村は短く、「わかりました」と頷いた。

敵は強大な狼だ。剣に迷いを抱いている場合ではない。自分は〝人斬り抜刀斎〟として、為すべきことを為さねばならない。

そのときふと桂が、隣に座る男に視線を向けた。

「ああ、紹介しよう。升屋の古高《ふるたか》だ。いろいろ世話になっておる」

古高と紹介された男は、深々と頭を下げた。

「ご贔屓《ひいき》に」

中肉中背《ちゆうにくちゆうぜい》、四十がらみの地味な様相の店主だ。物腰は丁寧《ていねい》だが、しかし、その鋭い視線にはどこか、緋村の出方を窺《うかが》うような鋭さが感じられる。

間者《かんじや》の類か――と緋村は思う。

この男も桂の指示を受け、討幕のために動いているのだろう。役職は違えど、影で暗躍するという意味では緋村と同様。同じ穴の狢《むじな》というところだ。

緋村が軽く会釈《えしやく》をして立ち去ろうとしたところで、廊下《ろうか》の奥から女がひとりやってくるのが見えた。白粉《おしろい》に彩られた華やかな顔。煌《きら》びやかな引き着に身を包んだ、美しい芸妓《げいぎ》だ。

「――あら、もうお帰りどすか？」

芸妓は緋村に微笑《ほほえ》みかけた後、桂に寄り添うようにしなだれかかった。

彼女の顔には見覚えがある。たしか名は、幾松《いくまつ》といったか。かつて桂から、情婦として紹介をされたことがあった。

桂は腕を伸ばし、幾松を優しく抱き寄せた。

「このご時世に色恋を、と思うか？　かような女子《おなご》を幸せにするための尊王攘夷《そんのうじようい》だ」

冗談めかして笑う桂に、緋村は何も答えなかった。

人々を幸せにする。そのために剣を振るう。桂のいうことはなにも間違っていない。己もまた、同じ目的のもとで敵を斬り続けている。

しかし、と緋村は思う。自分は桂とは違う。しょせん人斬りは人斬り。影の存在である自分には、桂のように誰かを愛したり、愛されたりすることとは無縁である。

いや、むしろ、無縁であるべきなのだ。

緋村は軽く頷き、睦言《むつごと》を交わすふたりに背を向けた。

人斬り《じぶん》が為すべきことを、為すために。

※

廊下を歩き去る緋村の背を見ながら、幾松が呟《つぶや》いた。

「……淋しそうな、お侍さまどすなあ」

「出会《でお》うてから一年……。大人びたようだが中身は変わらん」

桂が、静かにため息をついた。


桂小五郎が、あの青年──緋村に出会ったのは、文久三年《ぶんきゅう》の初夏のことだった。

長州、阿弥陀寺《あみだ》。じめじめとした息苦しい陽気の中、広い境内《けいだい》に高杉晋作《たかすぎしんさく》の声が響いていたのを覚えている。

「──身分も格式も関係ねえっ！　問うは志《こころざし》と剣の腕、それさえありゃあ誰もが戦う同志！　奇をもって敵を制する、それが奇兵隊《きへいたい》じゃあ！」

高杉晋作は、桂にとっては幼少時代、萩《はぎ》の私塾で教えを受けていた頃からの盟友である。

当時長州では、この高杉が、新たな戦闘部隊の人員を募《つの》っていたのだ。

〝奇兵隊〟と名付けられたその部隊には、長州藩士だけではなく、武士階級以外の庶民《しょみん》も多く含まれていた。幕府軍を相手にするには、まず数が要る。数を得るためには、旧態依然とした身分制度になど、囚われている場合ではない。その発想のもとに発足した奇兵隊は、その名の通りの風変わりな部隊であった。

高杉の演説に呼応するように、奇兵隊志願者たちが熱い雄叫《おたけ》びを上げた。

ひとまず士気は上々。己の手で新時代を築かんとする若者たちの目は、いずれも爛々《らんらん》と強い輝きを放っていた。

しかし、いくら士気が高くとも、それだけで戦争が出来るかといえば別の話である。

集まった若者たちの大半は、そのほとんどが百姓あがりなのだ。鍬《くわ》や鋤《すき》を扱うことはできても、武器を扱うことはできない。

初夏の境内、新人隊員たちがへっぴり腰で槍の訓練をしている姿を見て、桂は日々、一抹《いちまつ》の不安を覚えていた。果たしてこれで大丈夫なのか――と。

あの青年が現れたのは、そんな訓練の最中だった。

教官役の長州藩士が、小柄な青年に相対している。入隊志願者のひとりらしい。

「おんし、奇兵隊に参加する動機は？」

「……倒幕のために共に戦いたい」

青年──緋村が答えた。

ただでさえ童顔で華奢《きやしや》な青年なのだ。元服《げんぷく》にも満たない年頃だった緋村を見て、桂はこのとき、子供が迷いこんだのか、と思ったほどだ。

教官も同じ感想を抱いたのか、緋村に困惑の眼差《まなざ》しを向けている。

「生まれは百姓か、それとも──」

教官の質問を遮《さえぎ》るように、緋村がぴしゃりと告げた。

「問われるのは志《こころざし》と剣の腕だと聞いたが……それは偽りか？」

「なんじゃと？」

教官は強く緋村を睨《にら》みつけた。

生意気な緋村の態度が、他の者たちを苛立《いらだ》たせたのだろう。脇で剣を振っていた大柄な先輩隊員が、むんずと緋村の肩をつかんだ。

「わしが相手しちゃろう、まずはおんしの腕を見してみいや」

先輩隊員がおもむろに、握っていた剣を緋村の鼻先に突きつける。

しかし緋村は、それで眉《まゆ》ひとつ動かすことはなかった。

「これから共に闘う仲間を傷つけたくない」

その挑発的な物言いに、先輩隊員が「ああん？」と眉を顰《ひそ》めた。

一触即発《いっしょくそくはつ》の空気。誰もが息を呑《の》み、境内はぴりぴりとした雰囲気《ふんいき》に包まれる。

隊内での私闘《けんか》は御法度《ごはっと》である。他の隊員たちがどうしたものかと顔を見合わせていると、社《やしろ》から高杉の笑い声が響いた。

「かまわん」

高杉は社を降り、緋村に近づいた。一振りの刀を手につかむと、それを放るように緋村へと手渡す。

緋村が刀を受け止めたのを見て、高杉はにいっと口元を綻《ほころ》ばせた。

「この男も抜いた以上覚悟はあるはず。おんしの腕、見してみい」

興が乗ったのだろう。高杉は軽く笑いながら、懐《ふところ》から煙管《キセル》を取り出した。

また無責任なことを——。桂は顔をしかめた。

身の丈六尺はありそうな大柄な先輩隊員と、五尺にも満たぬ緋村。体格差を考えれば、分は明らかに先輩隊員の方にある。このままでは間違いなく、あの小柄な志願者はなます斬りにされてしまう。

若い命が無駄に散る。傾奇者《かぶきもの》の高杉にとってはこのような私闘も面白い趣向なのかもしれない。しかし桂には、これからを担う若者を無駄に犠牲《ぎせい》にする趣味はなかった。

仕方ない、と桂は腰を浮かせた。どうせあの青年も、売り言葉に買い言葉で引き際を見失っているだけなのだろう。怪我《けが》をする前に、自分が事を収めてやった方がいい。そう思ったのだ。

しかし、当の青年——緋村の方には退くつもりなど毛頭ないようだった。

周囲の隊員や志願者たちが固唾《かたず》を呑んで見守る中で、緋村は受け取った刀を腰に差していた。そのまま足を開いて重心を下げ、刀の柄に右手をかける。

抜刀術。

それが素人《しろうと》の構えではないことは、桂にもすぐにわかった。桂もまた、神道無念流《しんとうむねんりゅう》において免許皆伝の腕前を有している。それなりに場数も踏んでおり、相手の姿勢や呼吸だけでも、剣の腕の善し悪《あ》しは判断出来ると自負している。

緋村はほとんど表情を変えず、刀を引き寄せ、鯉口《こいぐち》を切った。

構えを見るにあの青年、素人どころかただの剣客ではない——。

桂が緋村の腕を見極めようとしていたそのとき、大柄な先輩隊員が「うおおおっ！」と気炎を上げ、緋村に斬りかかった。

刀が大上段に振りかぶられたそのとき――空気が震えた。

びりびりとした空気の圧が、桂の全身を打つ。

次の瞬間、先輩隊員に異変が起こっていた。穿《は》いていた袴《はかま》が下にずれ落ち、褌《ふんどし》姿を露わにしていたのだ。

いったいなにが起こったのか。周囲の者たちが首を傾《かし》げる中で、緋村は涼しい顔で刀を鞘《さや》に収めていた。

桂にはかろうじて見えた。緋村の振るった高速の剣が、相手の帯を斬ったのだ。

先輩隊員がぎょっとした様子で後ずさりをする姿に、騒々しかった境内が、一気に静まり返った。先輩隊員の痴態《ちたい》を引き起こしたのは、あの小柄な青年である――それを、ようやく理解することができたのだろう。

次第にざわめきが起こり始め、境内が騒然とした空気に包まれる。

なにせ、見るからにひ弱な青二才が、まるで赤子の手を捻《ひね》るように先輩をやりこめてしまったのだから。

さすがにこれでは隊の規律にも関わると思ったのだろう。他の先輩隊員たちが、「稽古《けいこ》に戻れ！」「続けろ！」と新人たちに怒鳴り始めた。

そんな中、高杉は感心したような面持《おもも》ちを浮かべていた。

「抜刀術か。だが、初めて見る流派じゃ」

桂もまた、自然と席を立ち上がっていた。青年の元に近づき、その顔を見つめる。

やはり若い。闘いなどとはまるで縁のないような、純粋な目の色をしている。

高杉が、緋村に尋ねた。

「なんちゅう流派じゃ？」

「……飛天御剣流」

緋村の告げた流派の名に、桂は思わず眉を顰《ひそ》めてしまった。

噂《うわさ》で聞いたことがある。飛天御剣流は、かつて戦国時代に名を馳《は》せた伝説の古流剣術だ。

その使い手は目にも留まらぬ神速で敵を斬り倒し、常に味方を勝利に導いたという。

よくある与太話《よたばなし》の類《たぐい》かと思っていたが――先ほどのこの青年の太刀筋《たちすじ》を見れば、あながち嘘というわけでもないのかもしれない。

桂は、緋村をじっと見つめた。まだ幼さの残る、その顔を。

「お主、人を斬ったことがあるか？」

「いえ」

「では……斬れると思うか」

青年は少し考えた後、

「犠牲になった命の向こうに、必ず誰もが安心して暮らせる新時代がやってくるなら」

はっきりとそう答えた。年に見合わぬ、強い決意を感じる目だった。

彼がこれまでなにを経験し、なにを思って倒幕のために動こうとしているのか。桂にはわからない。わかる日など、到底来ないのかもしれない。

だが、それでもいいと思っている。

この青年の決意は本物だ。こういう目をする人間は、必ず役に立つ。

桂は大きく頷《うなず》き、新たな同志となった青年の肩を叩いた。

桂の元に、緋村が初めて現れたその夜。

阿弥陀寺の境内には篝火《かがりび》から散る火の粉が飛び交い、軽快な民謡《みんよう》の囃子《はやし》が響いていた。

「長州殿様力が強い　三十六万石《ごく》棒にふる

ヨイショコショでエーエ　ヨサノサア　棒にふる」

奇兵隊の隊員たちが口ずさんでいるのは、このところ長州藩士たちの間で流行の「ヨイショコショコショ節」だ。

長州独立の気概《きがい》がこめられた力強い歌詞を、酒を酌《く》み交わしながら陽気に唄う。長州に育った若者たちにとっては、訓練の合間の憩《いこ》いのひとときだ。

彼らの姿を社の中から見下ろしながら、桂はふっと目を細めた。

見れば緋村も、隊員たちに混じって盃《さかずき》を交わしている。ヨイショコショ節を唄う仲間たちを遠目に眺め、温和な笑みを浮かべていた。

ああしている姿は、どこにでもいるような年若い青年だ。とてもではないが、剣の達人には見えない。

「飛天御剣流……。話には聞いていたが、まさかまこと存在するとはな」

桂がそういうと、隣で高杉が愉《たの》しげに盃をあおった。

言葉にこそ出さないが、高杉も高杉で、あの青年に非凡なものを感じているのだろう。

構わず、桂は続ける。

「晋作、あの男は俺が貰うぞ」

「人斬りが必要なら、自分で手を下したらどねぇですか」

高杉が、冗談交じりに応えた。

桂とて、己が手を下すことですべて事が済むなら、とうの昔にやっている。しかしそんなことは立場上許されない。それは高杉も、十分わかっているはずなのだ。

高杉は、皮肉の笑みを浮かべた。

「おんしは討幕《とうばく》祭りの長州村の神輿《みこし》。血まみれに汚れちゃあ、担《かつ》いでも誰もついてきてくれんもんねえ」

高杉はふと真顔になって、脇に置いていた三味線《しゃみせん》を抱える。まっすぐに桂の目を見て、「だが」と続けた。

「あげな若者の人生を台無しにするんじゃ。自分がキレイな神輿であることを、最後まで貫けよ」

「言われいでも、百も承知だ」

桂は手にした盃を、一気に飲み干した。

あの夜に味わった地酒の辛《から》みは、今でもまだ舌が覚えている。

そして、現在――。幾松の膝の上に頭をのせながら、桂はぼんやりと呟《つぶや》いた。

「あんだけ人を殺《あや》めても、緋村《あやっ》の心ん中には汚れひとつない。だが――」

幾松は、興味深げな表情で桂を見下ろしている。桂の昔語りを聞いて、彼女もまた、緋村という青年に心惹《ひ》かれるものがあったのかもしれない。

桂は静かな声で続けた。

「だからこそあやつは、人斬りっちゅう現在《いま》の自分に迷いを感じ始めている」

緋村の人生を歪めたのは、間違いなく自分だ。

時代が必要としていたとはいえ、あんな年若い青年を人斬りに育て上げてしまった責任は、確実に桂にある。

しかしそれでも——たとえどんなに迷いを覚えていようとも、あの青年には役目を果たしてもらわねばならない。新時代のため、人を斬ってもらわねばならない。

おそらく自分は地獄に堕《お》ちるだろう。

だが、新たな時代を切り拓くには手段を選んでいる暇などないのだ。地獄に堕ちるくらい、なんということはない。

そんな桂の覚悟が、幾松にも伝わったのだろうか。彼女は心配そうな顔で、そっと桂の瘦《や》せた頰《ほお》を撫《な》でた。

※

四条河原町の老舗《しにせ》酒処《さけどころ》「なぐら」。

寛政《かんせい》の時代に暖簾《のれん》が掲げられたというこの大衆酒場は、開業以来客足が途絶えたことはなかった。

それはこの夜も同様だ。商店街の呑兵衛《のんべえ》たちや、色町の芸者たち。それから潜伏中の長州志士たち。様々な層の客が訪れ、酒と語らいを楽しんでいる。

そんな喧噪《けんそう》の中、緋村はひとり壁際の席で猪口《ちょこ》を傾けていた。

強い醸造酒《じょうぞうしゅ》を、無理矢理喉奥《のどおく》に流しこむ。

不味《まず》い――。人を斬った後に飲む酒は、血の味がする。

緋村が酒を嗜《たしな》むようになったのは、半年ほど前のことだ。もともと、酒を愉しむような人間ではない。緋村はただ、鼻孔《びこう》に残る血の臭《にお》いを忘れるために、酒の香りで誤魔化《ごまか》しているに過ぎない。

例のあの男の顔が、またも脳裏《のうり》に蘇《よみがえ》る。もうあの夜から一週間は経っているのに、「死ねない」「死ねない」と緋村を苛《さいな》み続けている。

あの男にも、あの男なりの幸せがあったのだろうか。

緋村は容赦《ようしゃ》なくそれを奪った。

人々を幸せにするという名目で、あの青年の幸せを摘《つ》み取ったのだ。

自分のしていることは、本当に正しいことなのか――。あの男につけられた頰の刀傷を撫でながら、緋村はもう何度目になるかわからない自問自答を繰り返す。

当然、答えなど出るわけがない。それはわかっていたのだが。

緋村が猪口に三杯目を注ごうとしたところで、店の引き戸が開く音がした。

現れたのは、若い女性だ。

さらりと流れる長い黒髪。憂《うれ》いを帯びた神秘的な眼差《まなざ》し。身につけた白の小袖《こそで》は上品で清楚《せいそ》。背筋はぴんと伸び、育ちの良さを感じさせる女性だった。

この年頃の女性にしては珍しく、連れはいないようだ。

彼女はゆったりとした所作《しょさ》で、ちょうど緋村の背後の席に腰を下ろした。

奥から店員がやってきて、女性に会釈《えしゃく》をする。

「おこしやす。何にします?」

「冷酒《ひや》を一杯、頂戴《ちょうだい》します」

女性は楚々とした様子で答えた。

その大衆酒場には似つかわしくない雰囲気《ふんいき》が、人目を惹くのだろう。店の酔っ払いたちは、「えらいべっぴんさんやな」「ほんまや」「ひとりやな」「声かけたろうか」と揃って鼻の下を伸ばしている。

不用心だ——と、緋村は思う。年頃の女性がひとり、こんな場所で連れもなく酒を飲んでいる。なにか事情はあるのかもしれないが、これではよからぬ事態に巻きこまれたとしても無理はない。

そして予想通りというべきか、よからぬ事態はすぐに訪れた。

浪人風の男たちがずうずうしく女性に近づき、絡み始めたのだ。

「オイ、女ぁ！」

「一杯注いでもらおうか」

にやにやと下卑《げび》た笑みを浮かべる男たちを、女性は冷ややかな目で見つめている。芯が強いのか、動じているそぶりはない。

浪人風の男たちは、さらに威圧的に声を張りあげた。

「俺らは会津藩《あいづはん》預かりの、キンノーの志士!!」

「日夜おまえら下々の者共のために、命を張っておる。その礼にようく相手するのは、至《し》極《ごく》当然の事だろ」

男のひとりがニヤニヤと笑いながら、女性の肩に手を回した。

あまりに傲慢《ごうまん》なその態度に、店中がざわつき始めた。誰かが「会津藩は幕府側だ、バァカ」と野次を入れ、笑い声があがる。

しかし、

「何か言ったか！」

男が刀に手を掛けた瞬間、店内は一瞬で静まった。

この連中——似非《えせ》志士たちは、思った以上に性質《たち》が悪いらしい。触らぬ神に祟《たた》りなし。客は皆、そう考えたのだろう。

似非志士たちは客の従順な態度に満足したのか、高慢な様子で鼻を鳴らしてみせた。

「それでいいんだよ。余計な口出しは無用」

「はっ、命拾いしたな」

似非志士が威圧的に吐き捨てた。

あんな小物連中が騒いでいては、落ちつくものも落ちつかない。

「……確かに、命拾いしたな。抜き切っていたなら、俺が相手をしていたところだ」

緋村はゆっくりと息を吐き、手にした猪口を卓に置いた。

「んだとぉっ！」

男たちがいきり立って、緋村の方に向き直った。ひとりが腰の刀を抜き放とうと、柄に手をかける。

しかし緋村はすでに、その柄を手の平で押さえていた。

男は刀を抜くことができず、「ぐうっ」と歯がみしている。

「一つ忠告してやる」緋村は男を突き飛ばし、冷静に告げた。「動乱はまだまだ激化する。

この先の京都にお前ら似非志士が生きる場はない。命が惜しくば、早々と田舎《いなか》にでも引き上げることだ」

緋村に睨《にら》まれ、似非志士たちはごくりと生唾《なまつば》を飲みこんだ。力の差を理解したのだろう。彼らは顔を見合わせ、すぐに踵《きびす》を返した。店の扉を蹴《け》飛《と》ばすように開き、脱兎《だっと》のごとく逃げ出していく。

緋村はそれを見送った後、おもむろに席を立った。

「……勘定《かんじょう》。騒がせてすまない」

店主に酒代を払い、そのまま店外へ。

「やるわ、あの若いの」「正義の志士って感じやな」

背中に他の客からの賞賛の声が浴びせられたが、緋村はなにも応えなかった。

自分は所詮《しょせん》人斬りにすぎない。今しがた逃げていった似非志士たちなどよりも、自分の方がよほど罪深い存在なのだから。

※

店を出て半刻ほど歩く。

この時間、四条河原町の路地にはほとんど人通りはなく、薄闇に包まれていた。耳に聞こえるのも、夜空に響く遠雷くらいのものだ。

血の味の酒が、一段と不味くなった——。通りを歩きながら、緋村は先ほどの酒場での一件を反芻《はんすう》していた。

以前の自分であれば、あのような雑魚《ざこ》相手に気分を苛立《いらだ》たせることはなかった。路傍《ろぼう》の石のごとく、軽く黙殺できたはずなのに。

我ながら、病んでいると思う。人斬りを続けて一年、緋村は己の中でなにかが変わってしまったことを自覚していた。

つい出来心であんな連中の相手をしてしまったから——面倒事が増える。

通りの前方に目を凝《こ》らせば、こそこそと動く者たちの姿があった。刀を持った男たちが、薄暗がりの中で物陰に身を潜ませている。

「…よ、よう、ホントに殺《や》る気かよ」

「あたりめえだ、あれだけコケにされて黙って帰せるかよ」

彼らの顔には見覚えがあった。さきほど酒場で女性に絡んでいた似非志士たちだ。とどのつまり、逆恨《さかうら》みだ。緋村の闇討《やみう》ちを企《たく》んでいるらしい。

男たちは緋村の姿を認めるなり、「きたきた」と顔を見合わせている。

緋村は「ふう」と足を止め、前方の彼らに告げた。

「……逃げた方がいい」

しかし、やはりというべきか、緋村の言葉は彼らを逆上させてしまったようだ。

「ああ!?」「逃げるかよ！」

額に青筋を走らせた似非志士たちが、物陰から飛び出してくる。

憐《あわ》れなものだ――と思う。彼らは、自分たちがどれだけ危険な状況に直面しているのか、まるで気づいていないのだ。

その直後、天に稲光《いなびかり》が閃《ひらめ》く。

闇を裂く光と共に、その男は現れた。

「抜刀斎、お命頂戴ッ……！」

似非志士たちの背後に、漆黒《しっこく》の装束《しょうぞく》に身を包んだ侍が立っている。

その両の手に握るのは、柄の端が長い鎖で繋《つな》がれた二本の刀――連鎖刀《れんさとう》だ。二振りの刃は稲光に照らされ、禍々《まがまが》しく輝いている。

刺客《しかく》。緋村を仕留めるために、幕府側が送りこんできた殺戮者《さつりくしゃ》だ。

似非志士たちも、ようやく自分たちが場違いな存在であることに気づいたのだろう。刺客の発する剃刀《かみそり》のような殺気に中《あ》てられ、「ひいっ！」と揃って悲鳴を上げた。

とっさに逃げだそうと試みた似非志士たちだったが、刺客はそれを許さなかった。鋭く振り抜かれた連鎖刀は、逃げようとした彼らの身体《からだ》をひと息で貫いてしまった。

「ひぐあっ……!!」

胴体を串刺しにされ、ふたりの似非志士は同時に絶命する。

殺し方に躊躇《ちゆうちよ》がない。間違いなくこの刺客は、緋村と同じ外道《げどう》の者だ。

刺客は即座に鎖を振り回し、もう片方の連鎖刀を緋村に放つ。

とっさに緋村は抜刀して、刀で連鎖刀を打ち払った——のだが、敵の狙いは緋村の身体を貫くことではなかった。鎖部分を緋村の身体に巻き付け、動きを止めることにあったのだ。

首尾良く緋村の胴を拘束《こうそく》した刺客は、にいっと口元を歪めた。

「覚悟っ!」

刺客は緋村にとどめを差すべく、鎖を握って飛びかかってくる。

しかし緋村は身体の自由を奪われても、顔色ひとつ変えはしなかった。

飛天御剣流は、敵の思考を先読みし、先の先を取る流派である。あの刺客が鎖を用いて身体を拘束しようとしてくることなど、すでに承知している。

緋村は己を縛《いまし》める鎖をつかみ、刺客が投擲《とうてき》した連鎖刀を近くに引き寄せた。それをすぐさま逆手で握り、襲いかかってきた刺客の腕を斬り飛ばす。

――叫ばれると厄介《やっかい》か。

緋村は、敵に悲鳴を上げる暇すら与えなかった。恐怖に歪むその口を手で押さえながら、刺客の喉を素早く切り裂く。

大量の鮮血があたりに飛び散り、刺客は静かにその場に崩れ落ちた。

終わった――緋村が刀を収めようとしたそのとき。

背後に、人の足音が響いた。

はっと緋村が振り返ると、そこには意外な人物の姿があった。

「――先程のお礼をと思い、追って参りました」

酒場で絡まれていた、あの女性だ。

緋村の斬った刺客の返り血を、もろに浴びてしまったのだろう。その雪のように白い肌も、艶《つや》のある黒髪も、すっかり赤く染まっている。

まずい――。緋村は息を呑《の》んだ。

市井《しせい》の者に殺しの現場を見られたのは失策だった。「人斬り抜刀斎」は影の存在だ。その正体を世間に知られるわけにはいかない。

緋村がどうすべきか思案していると、女性が蒼白な表情で続けた。

「よく惨劇《さんげき》の場を『血の雨が降る』と表しますけど……あなたは本当に、血の雨を降らすのですね」

女性はそれだけをいって、すうっと目を閉じた。そしてなにが起こったのか――そのまま糸の切れた人形のように、ふらりと前方に倒れこんでしまった。

緋村は慌てて腕を伸ばし、彼女の身体を抱き留めた。

どうやら、気を失ってしまったらしい。無理もない。大量の血を見た衝撃に、精神が耐えられなかったのだろう。

血腥《ちなまぐさ》い空気の中で、ふと甘酸《あまず》っぱい梅の香りが漂った。

この香りは、白梅香《はくばいこう》。彼女が身につけている香油の香りだろう。

緋村は彼女を抱き上げ、「ふう」と息をついた。

このときの緋村は、まだ知らなかった。

この出会いが、自分と彼女との運命を大きく動かしてしまうということを。

二

　気を失った女性を背負い、緋村《ひむら》は長州藩士《ちょうしゅうはんし》の拠点、小萩屋《こはぎや》へと戻った。

　殺しの現場を目撃した者を残していくわけにはいかないし、なにより夜の京都に女子《おなご》ひとりを置き去りにして、どうなるかわかったものではない。

　ならばひとまず、自分の目の届くところに置くのが一番だろう――そう考えたのだ。

　小萩屋に戻り、女将《おかみ》に寝床の準備をしてもらう。緋村が借りている部屋に布団をもう一組運んでもらい、介抱を任せることにした。

　件《くだん》の女性が布団の中ですやすやと寝息を立てはじめたのを見て、緋村は「助かりました」と女将に頭を下げた。

　女将は訝《いぶか》しむような表情で、緋村と眠っている女性の顔を見比べている。

「長州はんは忙しおすなぁ」

　そう皮肉交じりにいい捨て、人目を憚《はばか》るようにそっと去っていった。

どうやら変な誤解をされてしまったようだが、この際仕方がない。

緋村は軽く首を振り、女性の枕元に腰を下ろした。

※

鳥のさえずりで、緋村は目を覚ます。

しばらく壁際で微睡《まどろ》んでいるうちに、朝になっていたようだ。炊事場《すいじば》から、朝食の準備の音がする。

目の前には、綺麗《きれい》に畳《たた》まれた布団があった。それを見て、緋村ははっと息を呑《の》む。

――あの女性の姿がない。

油断した。もし昨夜の出来事を人に喋《しゃべ》られてしまったら、大変なことになってしまう。

緋村は急いで立ち上がり、部屋を出た。彼女はいったいどこに消えたのか。

廊下《ろうか》を歩き、階下に降りようとしたところで――緋村は目を疑った。

例の女性が、台所にいる。

しかもどういうわけか朝食のお膳《ぜん》を手に、仲居よろしく働いていた。

家に帰るでもなく、お上《かみ》に密告するでもなく、いったい彼女はここでなにをしているのだろう。緋村が首を傾《かし》げていると、女将が横合いから声をかけてきた。

「……緋村はん、うちは出会い茶屋やないんどすえ」

相変わらず女将は、あの女性を緋村の情婦かなにかだと思っているようだ。てきぱきと朝食の支度《したく》をしている彼女を横目に見て、呆《あき》れたようにため息をつく。

「まあ、良う働いてくれて助かるからええんやけど」

それにしても、本当に謎である。彼女の行動の意図がまったくわからない。

緋村は彼女に近づき、「おい」と声を掛ける。

「もう身体《からだ》はいいのか？」

「すみません、昨日はありがとうございました」

女性は緋村の方を振り返り、ぺこりと頭を下げた。

「なんだか、お世話になったようで」

おっとりとして、落ち着いた声色だ。まるで、昨日のことなどなにも気にしていないかのような態度である。

思わず調子を崩され、緋村は頭を抱える。

「……おい、名は？」

「巴《ともえ》です。雪代《ゆきしろ》巴」

「ここでなにをしている」

「見ての通り、台所でお手伝いを」

聞きたいのはそういうことじゃない。緋村はそう告げようとしたのだが、彼女——雪代巴は軽く頭を下げ、お膳を運んでいってしまった。

変な女性《ひと》だ。緋村は「はあ」と深いため息をついた。

見たところ、ひとまず彼女には昨夜のことを吹聴《ふいちょう》するような気配はない。それだけでも僥倖《ぎようこう》とすべきなのかもしれない。

気を取り直し、食堂へ。

緋村が席に座ると、先に来ていた飯塚《いいづか》が声をかけてきた。

「おう緋村。今日顔色ええな」

そうなのだろうか。自分では確かめようもないが。

とりあえず軽く会釈《えしやく》を返していると、緋村たちの卓にお膳が運ばれてきた。運んできたのは、巴である。

「初めまして、巴と申します。以後お見知りおきを」

長州志士たちが、「おおっ」と歓声を上げた。新顔の、それも妙齢《みようれい》の美しい仲居の登場に、男たちは気を良くしたようだ。

てきぱきと給仕をする巴を見ながら、志士たちは顔を見合わせている。

「ほう、これが緋村君の……」

「なんじゃなんじゃ、緋村も隅《すみ》におけんのう！」

仲間たちに好奇の目を向けられ、緋村は顔をしかめた。

面倒なことだ。あの女将の誤解のせいで、長州志士たちの間にもあらぬ噂《うわさ》が広まってしまったのかもしれない。

一方、巴の方は変に勘ぐられても顔色ひとつ変えず、涼しい顔で茶を注いでいる。軽口をさらりと受け流し、淡々と給仕に励《はげ》んでいた。

「愛想がないところは緋村そっくりじゃの」

誰かがそんな冗談をいって、どっと笑いが起きた。

時代を憂《うれ》う志士たちとはいえ、彼らも年頃の青年たちだ。他人の色恋沙汰《ざた》など、飯時の無駄話にはぴったりの話題なのだろう。

根も葉もない話で盛り上がる食卓をよそに、緋村は肩を竦《すく》めた。

どうやら、噂を訂正《ていせい》するのは至難《しなん》の業《わざ》らしい。

※

朝食を終えた後、緋村は巴を自分の部屋に呼んだ。

彼女の仕事も一段落している。腰を落ち着けて、話をする必要がある。

巴は勧められた席に行儀《ぎょうぎ》よく腰を下ろすと、不思議そうに首を傾げた。

「お話とは、なんでしょう？」

「あなたは面倒の元だ」緋村は、きっぱりと彼女に告げる。「昨夜見たことは一切忘れて、ここを立ち去ってもらいたい」

「ここにいては迷惑ですか」

「家の者が心配するだろう」

「帰れる家があるなら、夜更けに女ひとりでお酒なんか」

なにやら含みのある言い方だ。彼女にはなにか、家に帰れない理由があるのだろうか。

と、そこまで考えて緋村は、いかん、と心中で首を振る。彼女の調子に合わせていると、つい普段の自分を見失ってしまいそうになる。

「どんな事情かは知らんが、今、我々はあなたに構っていられる状況じゃないんだ」

「では、わたしを始末しますか？　昨晩の黒いお侍のように」

巴の黒い眼《まなこ》が、まっすぐに緋村を見つめている。まるで揺らがぬその視線には、恐怖や狼狽《ろうばい》といった感情は一切感じられなかった。

緋村を人殺しと知ってなお、物怖《ものお》じしないこの態度。単純に変わっているというだけではなく、相当に芯が強い女性なのかもしれない。

「どう思おうとあなたの勝手だ」緋村は淡々と続ける。「だが、俺は皆が安心して暮らせる新時代のために人を斬っている。誰彼構わず斬っているのではなく、刀を持つ幕府の者だけを敵としている。市井《しせい》の人はもちろん、敵であっても刀を持たぬ者は決して斬りはしない」

「刀の有る無しで、斬り殺していい人と悪い人……ですか？」

巴は表情をほとんど変えず、「では」と緋村に試すような視線を向けた。

「もし私がこの場で刀を手にすれば、あなたは私を――？」

斬り殺す――と答えるべきなのだろうか。

じっと巴に見つめられ、緋村は押し黙った。

確かに彼女は昨夜、見てはいけないものを見てしまった。しかし、それは緋村の不注意が招いた事態であり、彼女自身にはなんの悪意も落ち度もない。

彼女を斬ることが、果たして正しいことなのだろうか。新時代を築くために必要なことなのだろうか。

緋村は答えに窮《きゅう》し、「それは……」と口籠《くちご》もってしまった。

巴はゆっくりと立ち上がり、緋村に告げる。

「いずれ答えが見つかりましたら是非《ぜひ》、聞かせてくださいませ」

そのまま巴は部屋を出て、台所の方へと戻った。仕事の続きをするつもりなのだろう。

結局、彼女を説得することは叶わなかった。少なくとも、緋村が先ほどの問いに答えられぬうちは、納得するつもりはないに違いない。

緋村は「はあ」とため息をつく。

本当に、調子が狂う。

いや——狂っていた調子が、元に戻り始めているのかもしれない。仕事抜きで他人と他《た》愛《わい》のない話をしたのは、実に久しぶりのことだ。それも、決して不快なものではなかった。

——もし私がこの場で刀を手にすれば、あなたは私を——？

緋村はひとり天井を見上げながら、さきほどの巴の問いを反芻《はんすう》していた。

※

雪代巴が緋村の前に現れて、二週間が経った。

彼女は毎日箒《ほうき》を手に宿中を走り回ったり、煮炊《にた》き用の薪《たきぎ》を運んだり、藩士数十人分の洗濯物《せんたくもの》の始末をしたりと、かなりの重労働をこなしている。

緋村が見る限り、周囲の評価は上々だ。小萩屋の従業員も、客のほとんどを占《し》める長州志士も、巴の働きぶりをとても気に入っているようだ。

さほど愛想はなくとも、淡々と仕事をこなす様が評価されているのだろう。特にこういう宿——潜伏中の志士向けの宿では、お喋りで賑《にぎ》やかな仲居よりも、物静かで無口な仲居の方が重宝《ちょうほう》されるものなのだ。

いつの間にやら、完全に居着いてしまった——と緋村は思う。

緋村の食事も寝床の準備も、今ではすべて巴が行っている。外出する緋村を毎度見送るのも巴の仕事。何度か手製の弁当を持たせてくれたこともあった。

飯塚たちからは「まるで女房だな」などと冷やかされている始末だ。最近ではいちいち訂正するのが面倒なので、その手の噂はそのまま放置することにしている。

ともかく、巴の方にはなんの問題もないようだ。あの晩のことを誰にも話す気配はないし、彼女なりに、小萩屋での仕事を楽しんでいるように思える。

ならば——自分は自分で、すべきことに集中するべきだろう。

緋村はこの日、桂《かつら》の隠れ家のひとつを訪れていた。なにやら、緊急に確認したいことがあるらしい。

床《とこ》の間で対面する桂の眉間《みけん》には、深い皺《しわ》が刻まれていた。

「素性《すじよう》の分からぬ者に襲われたと聞いた」

先日の晩のことだ。連鎖刀《れんさとう》を使う、黒装束《くろしようぞく》の侍——。緋村は「待ち伏せでした」と、詳細に状況を報告する。

話を聞きながら、桂は難しい表情を浮かべた。

「新撰組《しんせんぐみ》ではなかったか？」

「いえ、手段を選ばぬ戦い方……俺と同じ影の存在かと」

「隠密《おんみつ》の類《たぐい》か、あるいは——」

桂が言いよどむ。少し考えたのち、重々しく口を開いた。

「緋村の役目はごく内々の者《もん》しか知らん。それを待ち伏せしていた」

「まさか……藩内に裏切り者が……」

片貝《かたがい》の呟《つぶや》きに、緋村は息を呑《の》んだ。

仮に藩内に裏切り者がいるとしたら、次に狙われるのは自分とは限らない。むしろ、長州志士たちの大黒柱である桂こそ、最も危険である。

桂を失えば、討幕《とうばく》派は瓦解《がかい》するだろう。新時代を築くためには、この男の存在は絶対に必要不可欠なのだ。

一刻も早く、裏切り者を見つけ出す。そのために、今後は完全に信頼出来る者とのみ情報交換を行う。

桂とそう約束を交わし、緋村は隠れ家を辞した。

※

月のない静かな夜。

人斬り《しごと》にはうってつけの夜。

今夜も緋村は、敵を斬った。標的は松平容保《まつだいらかたもり》直属の会津藩士《あいづはんし》たち。宴会場に押し入り、すっかり出来上がっていた十数名の酔っ払いたちに、片っ端《かたっぱし》から天誅《てんちゅう》を下した。

決して困難な仕事ではなかったはずなのだが――緋村はなぜか重い疲労を感じていた。近頃ではいつもこうなのだ。殺せば殺すほど、気が重くなっていく。

小萩屋に戻り、水汲《みずく》み場で赤く染まった手を拭《ぬぐ》う。

初夏の井戸水は、ひんやりと冷たい。しかし、心地好さはまるで無かった。どれだけ綺《き》麗《れい》に拭おうとも、穢《けが》れが落ちている気がしないのだ。

穢れているのは手ではなく、己自身なのかもしれない。緋村がそんなことを考えていると、側に近づく者の姿があった。

巴《ともえ》だ。

人を斬って戻った緋村を咎《とが》めるでもなく、さりとて労《ねぎら》うでもなく、相変わらず表情の読めない貌《かお》で、じっと緋村を見つめている。

緋村は彼女から視線を外し、手洗いを続ける。

「まだ起きていたのか」

「あなたが出かけた夜は、なかなか寝付けなくて」

「俺に構うな」

緋村が顔を背けたにもかかわらず、巴は「血を」と、手ぬぐいを差し出した。

ここしばらく共に過ごす中で、彼女のことも少しはわかってきた。緋村がなにかをいったところで、素直に聞き入れるような相手ではない。

緋村はしぶしぶ手ぬぐいを受け取り、手を拭く。

巴はその仕草をじっと見つめながら、静かに口を開いた。

「このままずっと、人を殺《あや》め続けるおつもりですか？」

緋村はただ黙って、手元に目を落としていた。巴の問いに答えなかったのではなく、答えられなかったのだ。

時代が必要とする限り、自分は人を斬らねばならない。しかしそれがいつまで続くのかはわからない。自分はもちろん、桂にすら予想出来ることではないだろう。神のみぞ知る領域の話である。

人々が幸せに暮らせる新時代を築くために、自分はこの剣を振るう。しかし、もしそんな時代が来なかったとしたら……永遠に、人を斬り続けることになるのだろうか。

これまで緋村は、こんなことを考えたことはなかった。

一年前、桂の元を訪れてから、脇目も振らずに人を斬ってきたのだ。それがいつまで続くかなど、考慮《こうりょ》する暇もなかった。

だが――と緋村は思う。自分に出来ることは、剣を振るうことだけだ。

たとえ永遠にでも、人々が幸せに生きられる時代が来ることを信じて、ひたすらに剣を振るい続けるしかない。

緋村は巴に応える代わりに、血の付いた手ぬぐいを手渡した。

「……」

当の彼女は少しだけ悲しそうに目を伏せ、緋村に背を向けた。緋村が何も答えないことを、彼女は最初からわかっていたのかもしれない。

※

——緋村の様子が、少し変わってきている。

飯塚は最近、あの物憂《ものう》げな青年の横顔を見るたび、そんなことを思うようになっていた。きっかけはいうまでもない。あの巴という女の存在である。

彼女は今朝もまた食堂で、甲斐甲斐《かいがい》しく緋村の世話を焼いていた。

「——ちゃんと食べてください」

緋村の前に並べられたのは、彩り豊かな京料理だ。山菜の天ぷらに白米。湯豆腐に千枚漬け。小萩屋の仲居勢が、長州志士たちのためによりをかけた一品である。

もともと緋村は、仕事の翌日は食が細くなる傾向がある。巴はそんな彼を気遣って、食事を残さぬように見張っているのだろう。

子供を見守る母親のような巴の態度に、緋村は困ったような顔を浮かべている。あんな緋村の顔は、飯塚はこれまで見たことがなかった。

長州志士《なかま》たちにも、そんな緋村の態度が物珍しく映ったようだ。

「まるで姉さん女房じゃな」「お似合いじゃのう」「いよっ、御両人！」

志士たちはそんな風に緋村をからかい、笑い合っている。

緋村は憮然《ぶぜん》とした表情を浮かべていたが、当の巴は、そんな軽口には関心がないようだった。愛想笑いのひとつも見せないまま、そっと立ち上がり、食堂から出ていってしまう。

飯塚には、それがなんとも不気味に映った。

「あの女、にこりともせん。妙な女じゃ」

雪代巴の行動と、緋村の微妙な変化。

このことは一応、上に報告をしておくべきだろう。

数日後、飯塚は郊外の古びた工房を訪れていた。

工房の主は、京都随一《ずいいち》の刀鍛冶《かたなかじ》、新井赤空《あらいしゃっくう》。討幕派の協力者であり、長州藩に優れた刀を何振りも提供してくれている人物だった。

この日、桂小五郎《こごろう》は、新たな刀の用立てをするために、赤空のもとを訪れている。

赤空が無心に刀を打つ脇で、桂が難しい顔を浮かべていた。

「そうか、緋村に……」

飯塚の報告を聞いて、桂も懸念《けねん》を抱いたようだった。

緋村抜刀斎《ばっとうさい》の存在は、影ながら討幕派の中核をなすものだといってもいい。現在の長州藩の兵力では、真っ向勝負で幕府に抵抗するのは至難《しなん》の業《わざ》なのだ。〝人斬り〟なくして、敵の戦力を削《けず》ることはできない。

だからこそ桂も、緋村を取り巻く環境の変化には、細心の注意を抱いているのだった。

「何処《どこ》ぞかが送り込んだ、密偵ちゅうことはないんか」

飯塚は、「わかりません」と首を振った。

「ただ緋村が言うには、殺しの現場を見られとる以上、近くに置いちょくしかないと」

「女の素性《すじょう》は?」

「言葉や習慣から京女じゃないっちゅうことは一目瞭然。読み書きも出来ますから、おそらくは武家の娘……。元は貧乏御家人の娘が女郎に身を落とし、こっちに流れてきたんでしょう。誰かと通じちょる形跡もありゃあしません」

飯塚が答えると、桂は少し安堵《あんど》した様子だった。

藩内に裏切り者がいる可能性がある——緋村が謎の刺客《しかく》の襲撃を受けたあの日から、桂はずっとそれを危惧《きぐ》している。

雪代巴には今のところ、敵である気配は見られない。

もっとも、だからといって、今の状況を手放しで傍観《ぼうかん》していていいものではないだろう。

飯塚は「しかし」と続けた。

「心配なんは、緋村の様子じゃ」

眉《まゆ》を顰《ひそ》める桂に、飯塚は語る。


あれは、とある日の昼下がりだった。あの日、飯塚は緋村に新しい仕事の話をするべく、小萩屋の彼の部屋を訪れていた。

——のう、緋村。

襖《ふすま》を開いて中を覗《のぞ》くと、雪代巴が静かに縫《ぬ》い物をしている。飯塚の姿に気づくと、彼女は「しー」と口元で指先を立てた。

——緋村さんは今、眠っています。

見れば緋村は、壁にもたれかかって寝息を立てている。

それは飯塚にとって——抜刀斎を知る者にとって、驚くべき光景だった。

緋村抜刀斎といえば、常に警戒心が強く、決して誰にも心を許さぬ男だったはずだ。喩《たと》えるなら抜き身の刀。人斬りの技にこそ秀でているが、人間らしい温かみはない。おいそれと他人に気を許すような人間ではなかったのだ。

それが、他人の前であれほど無防備な姿を晒《さら》すとは。緋村の姿に、飯塚は思わず度肝《どぎも》を抜かれてしまったのだった。

飯塚の話を聞き終え、桂も意外そうな表情を浮かべた。

「緋村が……人前で」

「えらい人間らしゅうなったっちゅうか」

女の存在が、男を変える。

よく聞く話ではあるが、しかし、その変化が良いものばかりとは限らない。

緋村の人斬りを監督させている検分役からは、最近、あの青年の剣のキレが鈍《なま》っているという報告も上がっている。緋村の変化は、長州藩にとって望ましいものではないのだ。

桂が複雑な表情を浮かべていると、金槌《かなづち》の音が止まった。どうやら、赤空の鍛治作業が終わったようだ。

赤空は打ち上がったばかりの刀を、桂の前に意気揚々《ようよう》と突き出した。

「抜刀斎に言ってくれ、『時代を変えるために邪魔な奴らは一人残らず斬ってこい。刀なんぞ何本でも折ってこい、何本でも打ってやる』とな」

桂が黙って刀を受け取ったのを見て、赤空はにいっと白い歯を見せた。

「俺の刀が時代を変えるんだ」

桂は赤空に、無言で頷《うなず》き返した。

その通りだ、とは断言できなかったのだろう。今の抜刀斎に、邪魔者をひとり残らず斬る気概《きがい》があるのかどうか、桂には疑問だったはずである。

やれやれ――飯塚は小さく肩を竦《すく》めた。

いつの間にやら、緋村が背負う責任は、果てしなく大きくなってしまった。あんな年若い青年に未来をかけねばならないとは、長州藩の前途は多難なようだ。

※

その日の夕刻、桂小五郎は小萩屋を訪れた。

緋村の問題は、早急に手を打たねばならない。

向かったのは、住みこみの仲居用の居室だ。開いていた襖から中を覗けば、縫い物をしている女性の姿が見える。

長い黒髪を背中で束ねた、妙齢《みようれい》の美人――。あれが噂《うわさ》の雪代巴だろう。

襖の前で「夜分に失礼」と声をかけ、中に入る。

「ちいと邪魔してよかろうか」

巴は縫い物の手を止め、桂を振り返った。

「緋村さんなら、夜は出ていますけど」

「わかっちょる」

「では、私に御用ということでしょうか」

「おんしに、含みおいてほしいことがある」

桂は遠慮《えんりよ》なく、巴の前に腰を下ろした。

巴の表情は読めない。咎《とが》めるでもなく、かといって歓待するわけでもなく、無機質にも思える眼《まなこ》で桂を見ている。

報告にあった通り、変わった女だ――と、桂は思う。こういう相手にこちらの真意を伝えるには、率直《そつちよく》に試みるべきだろう。

「『諸君、狂いたまえ』」桂はまっすぐに巴の目を見て、口火を切った。「斬首《ざんしゆ》された吉田《よしだ》松陰《しよういん》先生から、私や高杉《たかすぎ》は教えられてきた。徳川《とくがわ》三百年の果てに腐りきったこの時代を変えるために、我らは狂わにゃあならん」

正義をなすために、あえて狂うことすら厭《いと》わない。それが今の長州志士の原動力である――桂はそう思っている。

時代を変えるには、大いなる犠牲《ぎせい》を伴《ともな》う。ならばまずその犠牲を容認するために、まともな神経を捨て去ることから始めなければならない。

これが吉田松陰の残した、〝狂《きょう》〟の理念である。

かの師が安政《あんせい》の大獄《たいごく》で斬首された後も、その理念は潰《つい》えなかった。桂や高杉を通じ、脈々と長州志士たちの中に受け継がれているのだ。

桂は「そして」続けた。

「緋村には、その狂った正義の先鋒《せんぽう》、最も過酷《かこく》な役割を務めてもろうとる」

「私に、どうしろと」

「あやつの剣を、鈍らせせんで欲しい」

巴は顔色を変えない。桂の心の底を見透かすような眼で、じっと視線で射すくめる。

大事なのは誠意だ。桂もまた、視線を逸《そ》らさずにまっすぐ巴を見つめる。

緋村抜刀斎は、自分たち長州志士にとってはなくてはならない人物である。新時代を築くため、あの男には今しばらく〝狂《きょう》〟の境地でいてもらわねばならないのだ。

桂は持参してきた刀袋を、巴の前に置いた。

「これを渡してくれ」

袋の中身は、真新しい白木の鞘《さや》に包まれた、一振りの打刀《うちがたな》だ。刀匠《とうしょう》、新井赤空が、変革への思いをこめて打った刀である。

それを見て、巴の眉が少しだけ動いた。

調査によれば、彼女も武家の娘だという。この刀が、そんじょそこらのなまくらとは一線を画する業物《わざもの》であるということを見抜いたのだろう。

緋村がどれだけの思いを背負う男なのか、少しは彼女にも理解してもらえただろうか。

桂は「失礼する」と、その場から立ち上がる。

部屋を出る桂の背後で、巴は、じっと刀に目を落としていた。

※

五月も二十日を過ぎれば、だんだんと夏の様相を帯びてくる。

穏やかな午後の日差しの中、緋村は自室で刀の手入れに勤《いそ》しんでいた。

表の通りから聞こえてくるのは、たくさんの歓声と、賑《にぎ》やかな奉納囃子《ほうのうばやし》だ。それを聞いて緋村は、今日が祇園祭《ぎおんまつり》の日だということに気がついた。

こんちきこん、こんこんちきちき、こんちきこん。

軽快な囃子を遠くに聞きながら、刀についた脂《あぶら》を拭《ぬぐ》う。

すっかり毀《こぼ》れてしまった刃は、緋村が数え切れないほどの人を斬ってきた証《あかし》だ。それはすなわち、それだけの人間の幸せが、緋村によって奪われてきたということをも意味している。

祇園祭は、京の人々が厄落《やくお》としを願うために行われる祭りだと聞く。彼らにとってみれば、夜ごと暗躍する人斬りなど災厄そのものだろう。

厄落としの囃子を聞きながら、いまだ知らぬ誰かを災厄に突き落とすための準備を整える。皮肉なものだ、と緋村は思う。

ふと、部屋の戸口で声がした。

「よろしいですか」

巴だった。そのたおやかな手には、不釣り合いなものが握られている。

新品の打刀――それが新井赤空の手によるものであることは、緋村には一目でわかった。

巴は「桂様からお預かりしました」と、その刀を緋村に差し出した。

緋村は、ああ、と納得する。

桂が直々に、巴のもとを訪れていたとは知らなかった。だが、その理由はなんとなく理解出来る。大方、彼女が佐幕派《てき》の内通者なのかどうか、探りを入れたのだろう。

桂が彼女に刀を預けたということは、その疑いが晴れたことの証左《しょうさ》に他ならない。巴から刀を受け取りながら、緋村は安堵《あんど》を覚えていた。

巴が、緋村をじっと見つめる。

「お願いがございます。お付き合いいただけますか」

急に頭を下げられ、緋村は首を傾《かし》げた。

巴が頼み事をしてくるなんて、珍しいこともあるものだ。


八坂《やさか》神社へと続く大通りは、大勢の観客で埋め尽くされていた。色とりどりの紙吹雪《かみふぶき》が、まるで春の桜のように風に舞っている。

老若男女《ろうにゃくなんにょ》さまざまな人々が、集会所の二階の窓辺を見上げている。

彼らの視線の先では、孔雀《くじゃく》の冠を被《かぶ》った稚児《ちご》が、夕焼けに照らされながら太平の舞を舞っている。祇園祭の目玉のひとつ、〝吉符入り《きっぷいり》〟が始まったのだ。

巴は緋村の隣で、くすりと頰《ほお》を緩《ゆる》めた。

「かわいいお稚児さん。親御さんはさぞかし誇らしいでしょうね」

稚児は後ろから大人に支えられながら、元気な舞を披露している。その微笑《ほほえ》ましい光景に、通りの群衆たちも頰を綻《ほころ》ばせていた。

「――振りを間違えないか、落ちたりしないか、きっとどこかでハラハラしながら見守って」

巴は周囲を見回しながら、誰にともなくひとりごちる。

「ここにいるすべての人が誰かの子供で、すべての人に誰か大切な人がいて。そんな人たちと当たり前のような毎日がずっと続くと思っていて……」

こんちきこん、こんこんちきちき、こんちきこん。

穏やかな囃子が響く中、巴は、穏やかならぬ眼差《まなざ》しを緋村に向けた。

「平和のための闘いなどというものが、本当にあるのでしょうか」

なるほど、と緋村は思う。彼女はこういう話をするために、緋村を外に連れ出したのだ。

「世の中のためであれば……高い志《こころざし》があれば、小さな何かが犠牲になることは致し方ないことなのでしょうか」

やはり彼女は、緋村の人斬《しご》りについて割り切れない思いがあるのだろう。

当然の反応だ、と緋村は思う。普通の人間ならば誰しも、人殺しという行為に対して嫌悪感を抱く。

そして——そういう常識的な感性を持つ人々こそ、自分たちが守らなければならない対象なのだ。緋村はそう考えている。

何も答えない緋村をじっと見据え、巴は尋ねた。

「あなたも、その犠牲者ではないのですか？」

自分が犠牲者。それは、緋村がこれまで考えたこともないことだった。

動乱の中、幼くして両親を失った緋村には、剣に生きる道しか残されてはいなかった。世に溢《あふ》れる悲しみを少しでも減らすため、飛天御剣流《ひてんみつるぎりゅう》で世の中を変える——血塗られた道を歩む以外に、選択肢《し》はなかったのだ。

そういう意味では確かに、緋村も犠牲者なのかもしれない。

しかし——と緋村は、視線の先で楽しげに舞う稚児を見つめる。

「山鉾《やまほこ》巡行の日、あの小さな稚児が太刀《たち》を振り、結界を解くために注連縄《しめなわ》を切る。山鉾を進ませるために」

巴はじっと、緋村の話に耳を傾けている。

「時代を進めるためには、誰かが太刀を振らねばならない。その誰かが、俺だっただけだ」

　緋村は半ば己に言い聞かせるように、そう告げた。

　大きななにかを成し遂《と》げるためには、犠牲が付きものだ。それが他者だろうと己自身だろうと、関係ない。なにも考えず、それが正義だと信じて、がむしゃらに剣を振るうしかない。

「……」

　緋村を見る巴の眼差しには、なにか複雑な感情がこめられているようだった。こちらの考え方に憤《いきどお》りを覚えているのか、哀れんでいるのか、それはわからない。

　ただ――彼女は、こちらを理解しようとしてくれている。緋村を〝人斬り抜刀斎〟ではなく、ひとりの人間として。でなければ、「犠牲者」などという表現はしない。

　胸の中に、こそばゆいものを感じた。

　それは緋村が生まれてこの方、一度も感じたことのない、不思議な感情だった。

　緋村は巴に背を向ける。

　このまま彼女と向き合っていては、自分は弱くなってしまうのではないか――。不意に、そんなことを思ってしまったのだ。

　囃子《はやし》が響く雑踏の中、緋村はひとり歩きだす。

己の立場と使命を、もう一度固く心の中に刻みこみながら。

※

元治《げんじ》元年、六月五日の正午。

曇天《どんてん》の下、屯所《とんしょ》に戻った斎藤一《さいとうはじめ》を出迎えたのは、鞭《むち》のしなる音と、男の苦しげな悲鳴だった。

「――この、くたばりぞこないめえ！」

牢《ろう》の天井から逆さ吊りにされた半裸の中年男を、若い隊士たちが思うさま鞭で叩いている。ばちん、ばちん、と音が鳴るたびに男の背中の肉が裂け、甲高《かんだか》い絶叫が上がっていた。

中年男はすでに、口から泡《あわ》を噴き始めている。その手足には五寸釘が刺され、火のついた百目蠟燭《ひやくめろうそく》が肌を焼いているのだ。意識を失うかどうかの瀬戸際《せとぎわ》にまで追い詰められているのだろう。

間者《かんじゃ》の末路など、所詮《しょせん》こんなものだ――斎藤は軽く鼻を鳴らした。

この中年男の名は、古高俊太郎《ふるたかしゅんたろう》といったか。表向きは炭薪《すみまき》を扱う商人だが、その実、長州藩士のために情報や武器を流す隠密《おんみつ》だった。数刻前、情報を得た沖田《おきた》らが西木屋町《にしきやまち》の店に踏みこみ、身柄を捕縛《ほばく》したのだ。

このような卑劣《ひれつ》な手合いに対しては、情けをかける必要はない。京の平和のため、あらゆる手を使って敵の情報を引き出す必要があるのだ。

斎藤が拷問《ごうもん》の様子を眺めていると、局長の近藤勇《こんどういさみ》が、「おう、斎藤」と声をかけてきた。

「見ろ。他は全部燃やしてあったが、納戸《なんど》でこれを見つけたぞ」

近藤が示したのは、長州藩士たちの名が書かれた連判状だ。

古高の他に並んでいるのは、いずれもかねてより新撰組が狙いをつけていた尊皇攘夷《じょうい》論者たちの名だった。宮部鼎蔵《みやべていぞう》や吉田稔麿《よしだとしまろ》、北添佶摩《きたぞえきつま》など、討幕《とうばく》派の大物揃いである。

近藤は、血気に溢《あふ》れた調子で続けた。

「長州の連中は、宵宮《よいみや》の風の強い日に御所に火を放ち、帝《みかど》を長州にお連れしようと企《たくら》んでいる」

宵宮――祇園祭の本祭前夜。つまり、ちょうど今夜。

もしこの企みが本当のことならば、実行までもうほとんど猶予《ゆうよ》がないことになる。

斎藤が宙づりの古高に目を向ければ、悔《くや》しげに顔を歪めていた。討幕派にとっては、よほど敵に漏《も》らしたくない情報だったに違いない。

「この謀《はかりごと》を我々がぶっ潰せば、大手柄だ。これで対馬藩邸《つしまはんてい》での借りを返してやる」

近藤が、強く拳を握りしめる。

どうやら今夜は、新撰組にとって長い夜になりそうだ。斎藤は刀の鍔《つば》に手をかけ、ふうっと長い息を吐いた。


新撰組が出陣の準備を終えたのは、それから数刻後。ちょうど陽が西の山際に沈んだ頃合いだった。

屯所前に並んだ隊士たちを見回し、副長、土方歳三《ひじかたとしぞう》が力強く告げた。

「武田観柳斎《たけだかんりゅうさい》！　永倉新八《ながくらしんぱち》！　藤堂平助《とうどうへいすけ》！　それから総司《そうじ》！　以上、十名が局長の隊だ！　残りは俺に従ってもらう！」

隊士たちはみな唇を引き結び、真剣な表情を浮かべていた。全員、今宵《こよい》が新撰組結成以来、最大の戦いとなることを予想しているのだ。

斎藤もまた、じっと黙って作戦を聞いている。

このうちの何人が生きて帰れるか、それはわからない。だが、ひとつだけ確実なのは、この壬生《みぶ》の狼たちの中に、己の死を恐れる者などひとりもいないということだ。

土方が「近藤さん」と局長に目を向ける。

近藤は「うむ」と大きく頷《うなず》き、声を張り上げた。

「監察方《かんさつがた》の情報により、河原町界隈《かわらまちかいわい》の旅籠《はたご》を探索する。見つけ次第全員を捕縛、さもなくば斬れ！」

隊士たちが、「うおおお！」と咆哮《ほうこう》を上げた。士気は上々。誰も彼もが敵の喉笛《のどぶえ》に牙を突き立てるべく、目をぎらぎらと輝かせている。

彼らを解き放ったのは、近藤の号令だ。

だんだら羽織《ばおり》の狼の群れが、京の夜を駆けていく。

※

耳をすませば、とんとんとん、と包丁の音が聞こえてくる。

台所では、今日も巴が夕食の支度《したく》をしているのだろう。

小萩屋の自室から紺碧《こんぺき》の夜空を眺めながら、緋村はふうと息をついた。

――世の中のためであれば……高い志《こころざし》があれば、小さな何かが犠牲《ぎせい》になることは致し方ないことなのでしょうか？

――あなたも、その犠牲者ではないのですか？

ここ数日、彼女に告げられた言葉が耳から離れなかった。

食べているときも寝ているときも、人斬《しごと》りをしているときでさえも、巴の言葉が頭に浮かんでしまうのだ。

我ながらどうかしている、と思う。誰かに身を案じられるということが、これほど心地好く、そして同時に心を乱すものであるとは知らなかった。

ふと、部屋の隅——巴の荷物が置かれているあたりに目を向ける。几帳面《きちょうめん》に折り畳《たた》まれた着物の脇に、小さな木製の玩具《おもちゃ》が転がっていた。

緋村は立ち上がり、それを拾い上げる。

小さな風車だ。子供が遊ぶような、安っぽい品である。

緋村が戯《たわむ》れにふっと息を吹きかけると、風車はくるくると回り始めた。

巴の持ち物にしては珍しい。誰か、彼女の知り合いの持ち物だろうか。巴の交友関係に、子供がいるという話は聞いたことがなかったが——。

そのとき、どたどたどたと誰かが廊下《ろうか》を走ってくる音が聞こえてきた。

「緋村あッ！」

突然部屋に飛びこんできたのは、飯塚の髭面《ひげづら》だった。

緋村が眉《まゆ》を顰《ひそ》めても、飯塚は一向に気にする様子はない。そのまま、息せき切った様子で叫んだ。

「桂さんが危ない！」

飯塚の様子は尋常《じんじょう》なものではない。緋村は剣を取り、すぐに立ち上がった。

彼と共に、小萩屋の階下へ。飛び降りるように階段を下りながら、緋村は尋ねる。

「どういうことだ？」

「商人として情報活動と武器調達をしちょった古高が、今朝新撰組に拉致《らち》された！」

飯塚のただならぬ様子に、仲居たちも何事かと台所から顔を覗《のぞ》かせている。巴もやってきて、水の入った湯飲みを飯塚に手渡した。

飯塚は受け取った水を一息で飲み干し、呼吸を整えている。

「今宵《こよい》、攘夷派の志士が集まり謀議《ぼうぎ》を企《くわだ》てる。宮部さんたちは御所に火を放ち、その混乱に乗じて帝を長州へお連れするつもりじゃ」

緋村は耳を疑った。長州藩も一枚岩ではないのだ。自分たちの知らないところで、攘夷急進派がとんでもない計画を企てていたらしい。

飯塚が、難しい顔で続ける。

「桂さんは、その暴挙を食い止める言うとった」

なるほど――と思う。これでようやく話が繋《つな》がった。もし新撰組が攘夷派の動きをつかんでいれば、桂が危険に晒《さら》されることになる。

緋村は、ごくりと息を呑《の》んだ。

「謀議は、どこで？」

「三条木屋町《さんじようきやまち》の池田屋《いけだや》だ」飯塚が青い顔で答える。「古高が池田屋のことをしゃべっていたら、宮部さんだけじゃのうて桂さんも危ないんじゃ！」

場所を聞くなり、緋村は小萩屋を飛び出した。

今、長州藩が桂を失えば、新時代を築くことはできない。これまで自分たちが行ってきたことが、水泡《すいほう》に帰《き》することになる。

もはや一刻の猶予《ゆうよ》もなかった。

※

亥《い》の刻。三条木屋町は、すっかり静まりかえっていた。

なにしろ、「あの」新撰組が大挙して練《ね》り歩いているのだ。万が一にも彼らの道行きの邪魔をすれば、斬り捨てられてもおかしくはない。通行人たちは固唾《かたず》を呑んで、壬生の狼の群れが過ぎ去るのを見つめていた。

彼らの目的地は、通りに面した宿場、池田屋である。

近藤勇は門の前で足を止め、部下の沖田に視線を向けた。

沖田の表情は冷静だ。すでに裏口や窓下《そうか》にも隊士を配し、突入の準備を完了させている。

沖田は、いつでも行けますよ、とばかりに近藤に頷き返した。

ならば躊躇《ちゅうちょ》は要らない。正義を為す頃合いだ。

近藤は勢いよく引き戸を開き、大股《おおまた》で敷居をまたいだ。

「店主はおるか！」

近藤の背後に続き、沖田に永倉新八、藤堂平助が店に入る。

酒瓶《さかびん》を運んでいた小柄な老人――おそらく池田屋の店主だろう――は、無遠慮《ぶえんりょ》な近藤たちの姿に、ぎょっとしたように身を竦《すく》めた。

「何用で――」

「御用改《ごようあらた》めである！」

近藤が刀を抜いたのを見て、店主が顔をさっと青ざめさせた。慌てた様子ですぐに身を翻《ひるがえ》し、店奥の階段に向かって声を張り上げる。

「お二階の皆々様方！　御用改めでござる！」

やはり、ここで討幕《とうばく》派の謀議が行われていたという情報は正しかった。京を火の海に変える計画など、断固阻止《そし》せねばならない。

近藤は店主を突き飛ばし、「逃がすなああ！」と怒号を上げる。沖田らと共に階段を駆け上がり、広間の襖《ふすま》を蹴破《けやぶ》った。

広間の中にいたのは、二十名ほどの男たちだ。いずれも、連判状に名が書かれていた討幕派の連中である。みな盃《さかずき》を片手に赤ら顔になっているあたり、だいぶ酔っ払っているようだ。

討幕派連中は、突然踏みこんできた近藤らの姿に、呆然《ぼうぜん》と目を見開いていた。新撰組に情報が漏《も》れていることなど、今の今まで気づいていなかったのだろう。

だからといって、容赦《ようしゃ》をする必要はない。近藤は、入り口近くに座っていた男の背中に、躊躇《ちゅうちょ》なく刀を振り下ろした。

「一人も逃がすなあっ！」

その一撃がきっかけとなって、戦闘が始まった。

沖田が男たちの手足を斬り飛ばし、永倉が彼らの喉笛を斬り裂く。

急襲を受けた討幕派側には、ろくに剣を握る余裕すらなかった。ほとんどが怯《おび》え戸惑い、悲鳴を上げるのみ。

すぐに広間は討幕派連中の血で染まった。これは戦闘というよりも、一方的な殺戮《さつりく》である。近藤が少年の頃、試衛館《しえいかん》で習い覚えた道場剣術からはかけ離れたものだ。

だが、これでいい。近藤はそう思う。この激動の京都で人々を守るためには、綺麗事《きれいごと》をいっている暇はないのだ。

悪《あく》・即《そく》・斬《ざん》――たとえどのような手段を用いても、悪を速やかに斬り捨てる。それこそが、新撰組《じぶんたち》の正義なのだから。

一人斬り、二人斬り、三人を斬る。さすがの近藤も息が上がってきたところで、永倉が叫んだ。

「一人、逃げたぞっ！」

討幕派の若者が一人、窓から飛び降りて脱出したらしい。

近藤はすぐに、沖田へと目配せをする。身軽な沖田ならば、逃げた若者の追討《ついとう》も容易《たやす》いはずだ。

沖田はこくりと頷き、すぐに窓から夜の闇へと身を翻した。

※

長州攘夷《じょうい》派の青年、望月亀弥太《もちづきかめやた》は、息を荒らげながら夜の三条通を逃げ延びていた。

誤算だった――と、望月は思う。まさか新撰組が、池田屋の情報をつかんでいるとは思わなかった。自分たちは、あの田舎侍《いなかざむらい》どもの情報収集能力を見誤っていたのかもしれない。

「はあっ……はあっ……」

斬られた肩の傷が、じくじくと痛む。傷口から、血が湧き水のように溢《あふ》れ出しているのだ。出血があまりにも多く、もはや身体《からだ》じゅうの血が無くなってしまうのではないか――そんな錯覚《さっかく》に陥《おちい》ってしまいそうになる。

このままでは、生きて長州藩邸にたどり着けるかもわからない。望月の足はすでに鉛《なまり》のように重くなっており、歩くことすら覚束《おぼつか》なくなっていた。

望月は肩口を押さえたまま、ついに道の端に倒れこんでしまった。

すぐ近くに聞こえるのは、さらさらと流れる水の音。顔の近くでゆらゆらと淡い光を放っているのは、蛍《ほたる》だろうか。

それでようやく望月は、自分がいる場所が鴨川《かもがわ》のほとりだということに気がついた。

水──水が飲みたい。

望月は力を振り絞《しぼ》り、血まみれの身体を引きずった。這《は》うようにして川縁にたどり着き、川面に顔面を突っこんだ。口の中いっぱいに水を含み、本能の赴《おもむ》くまま、ごくりごくりと喉を潤していく。

美味《うま》い。どんな名酒に勝るとも劣らぬ極上《ごくじょう》の味だ。

ほんの少しだけ、生きる気力が湧いてきた。もう少しくらいなら、走れるかもしれない

──望月が再び立ち上がろうとしたそのとき、背後で草が揺れた。

振り向けば、蛍の光の中に、浅黄《あさぎ》色のだんだら羽織《ばおり》が翻っている。

「あ……ああ……」

望月は絶望に息を呑んだ。現れたのは、新撰組の沖田総司だ。

いったいいつの間に追いつかれてしまったのか。沖田は、底冷えのするような冷たい目で望月を見据えていた。

殺される。

望月はとっさに沖田から距離を取ろうと試みたのだが、それは不可能だった。望月が駆け出そうとする前に、沖田の剣に背中を斬られてしまったからだ。

た。


「……あぐうあああっ！」

激痛。腹の底から悲鳴を上げる望月を見据え、沖田は事も無げに告げた。

「ご安心を。せめて自害したように殺してあげますから」

沖田が望月の右手を取り、己の刀を握らせる。その刃は、望月の首筋へと向けられてい

万事休す――。望月が覚悟を決めたその刹那《せつな》、足音が近づいてきた。

だだだだ、と連続で地面になにかを打ち付けるような音。音の間隔があまりにも短すぎて、望月はそれが人間の駆ける足音だと気づくのに一瞬の間を要した。

息せき切って現れたのは、眼光鋭い若者だった。

背は小柄。頬《ほお》には一筋の刀傷。腰に刀を差し、暗色の着物を纏《まと》っている。まるで風を切るような身のこなしは、並の剣客だとは思えない。

若者は切羽詰《せつぱつ》まった表情で、沖田を睨《にら》み付けていた。

新撰組の仲間ではないのだろう。現れた若者を見て、沖田は眉《まゆ》を顰《ひそ》めている。

「なんですか、貴方《あなた》は」

「……そこをどけ」

若者は短く言い捨て、刀の柄に手をかけた。一歩足を踏み出し、体勢を低く構える。

抜刀術だ。その鬼気迫るような構えだけで、この若者が只者《ただもの》ではないことはわかる。若者の気迫に押され、望月の肌はびりびりと震えていた。

沖田は、「へぇ」と感心の笑みを浮かべている。

「もしや、貴方が人斬り抜刀斎か」

人斬り抜刀斎。長州藩士である望月も、当然その凶名は耳にしている。佐幕《さばく》派の重鎮を幾人も斬り捨ててきた抜刀斎が、よもやこんな優男《やさおとこ》だとは思わなかった。

抜刀斎は否定も肯定もせず、身構えている。その表情に焦りの色が浮かんでいるのは、池田屋での戦闘を気にかけているからに違いない。

沖田は獲物を見つけた猛禽《もうきん》のごとく、にやりと口元を歪めた。

「これは面白い……！」

いうなり沖田は地を蹴り、抜刀斎へと躍りかかった。

一息に縮まる両者の間合い。速度を乗せた沖田の渾身《こんしん》の袈裟《けさ》斬りが、上段から抜刀斎を襲う。

決まった——望月は息を呑んだ。さすがは新撰組の天才剣士である。あれだけの速度の斬撃《ざんげき》を、躱《かわ》せる人間などいるはずがない。いかに抜刀斎とはいえ、剣が鞘《さや》に収まった状態では、斬られてしまうだけだろう。

しかし、現実は望月の想像を超えていた。

肉が斬られる音の代わりに、がきん、と甲高《かんだか》い金属音が鳴り響いていた。

抜刀斎の抜いた刀が、沖田の剣を受け止めていたのだ。

望月は目を疑った。抜刀斎は、いつの間に剣を抜き放っていたというのだろう。まさに神速。〝抜刀斎〟の名に恥じぬ抜刀術の持ち主だということか。

抜刀斎は沖田の刀を弾き、そのままの勢いで彼の脇を走り抜けようとする。

しかし、沖田はそれを許さなかった。刀を弾かれた勢いを利用して身体を逆方向に捻《ひね》り、半回転しながら横薙ぎを繰り出した。

再び響く金属音。抜刀斎に斬撃を紙一重《かみひとえ》で防がれながらも、沖田の笑みは崩れることはなかった。

「新撰組副長助勤《じょきん》、沖田総司。池田屋に抜刀斎を行かせるわけにはいきません」

抜刀斎は沖田の剣を受け止めながら、苛立《いらだ》たしげに下唇を噛《か》みしめた。

眼前の敵を倒さぬことには先に進むことはできない——。抜刀斎はそれを理解したのだろう。すかさず沖田の腹に蹴りを放ち、構えを崩そうとする。

だが、それでも沖田は怯《ひる》まない。抜刀斎の剣を横っ飛びで躱し、息つく間もなく抜刀斎の心臓めがけて刺突《つき》を放った。

抜刀斎は刀の腹で刺突をいなし、沖田に肉薄する。達人ふたりの間に生じた激しい剣気が、川辺の草葉をざわざわと揺らした。

望月はただ呆然《ぼうぜん》と、彼らの死闘に目を奪われていた。逃げるという発想すら浮かばなかったのは、ふたりの剣戟《けんげき》があまりにも激しく、そして美しいものだったからである。

討幕《とうばく》派も佐幕派も、関係ない。

新たな時代を築いていくのは、こういう男たちなのかもしれない——刀のぶつかり合う音を聞きながら、望月はふとそんなことを考えていた。

※

新撰組の別働隊が池田屋内部に足を踏み入れた頃には、すでに戦闘の趨勢《すうせい》は決していた。宿全体に充満しているのは、むせかえるような討幕派連中《てき》の血の臭《にお》い。斎藤一は顔をしかめながら、残党どもの首筋に刀を突き立てていた。

「…………」

敵の身体から刀を抜き、斎藤はふう、と息をつく。

結果だけ見れば新撰組の圧勝だが、それでも完全な勝利というわけではない。藤堂平助が敵の反撃で額を割られて戦線を離脱した他、数名の隊士が重傷を負っている。さらに、近藤率《ひき》いる突入隊は、敵のひとりを窓から取り逃がしてしまったという。

近藤いわく、「沖田に追っ手を任せた。心配は無用だ」という。しかし斎藤は、胸中の不安を拭《ぬぐ》い去ることはできなかった。

確かに沖田総司は、新撰組きっての剣の才の持ち主だ。年若いが、その実力は斎藤にすら勝るとも劣らない。

だが、それはあくまで平時のこと。今の沖田には、全力で剣を振るうことができない事情がある。

追っ手を沖田だけに任せておくのは、得策とは思えない——。

斎藤は刀を腰に納め、近藤を呼び止めた。

※

沖田の下段斬りを跳躍で躱し、緋村は上空から叩きつけるように剣を振り下ろした。

飛天御剣流、龍槌閃《りゅうついせん》——。落下の重力が加わることで加速した渾身の斬撃は、数ある飛天の流派の技の中でも抜群《ばつぐん》の破壊力を有する。

沖田は緋村の一撃をかろうじて刀で受け止めてみせたが、その威力には完全に耐えることができなかったようだ。「ぐっ」と歯がみし、地面に膝をついている。

追撃の機会だ、と緋村は判断する。

この相手――沖田総司は間違いなく、この京都で一、二を争う強敵だ。今ここで仕留めなければ、長州志士にとって厄介《やっかい》な壁として立ちはだかることになる。

沖田の首を狙い、緋村が乾坤一擲《けんこんいってき》の一撃を放とうとしたそのとき。

予想だにしない事態が起こる。

沖田が突然、「げほっ」と大量の血を吐き出した。

見れば、顔が異常に青ざめている。戦闘による傷が原因でないことは明らかだ。口から漏《も》れる血を手で押さえながら、激しい咳《せき》を繰り返している。

病か――。

緋村は一瞬、剣を振るう手を止める。そして同時に、手を止めた自分に違和感を覚えていた。

今の自分にとってもっとも重要なのは、一刻も早く池田屋に赴《おもむ》き、桂の命を救うことだ。そのためには、直ちに目の前の敵を倒す必要がある。

相手が病に冒されているからといって、剣を止める理由などないはずだ。なのに、どうして自分はとどめを刺すことを躊躇《ためら》ってしまったのだろう。

——あなたも、その犠牲者《ぎせいしゃ》ではないのですか？

胸に蘇《よみがえ》るのは巴の言葉だった。

やはり自分は、弱くなってしまったのかもしれない——。緋村が刀を手に躊躇《ちゅうちょ》していると、道の先から大勢の足音が聞こえてきた。

木陰から現れたのは、血に塗《まみ》れた狼の群れ——池田屋から戻ってきたと思《おぼ》しき、新撰組一同の姿があった。

局長の近藤勇に、副長の土方歳三。永倉新八に武田観柳斎。そして、斎藤一。京都最強の剣客集団の顔ぶれは、緋村もよく知っている。

斎藤一が沖田に駆け寄り、その身体を抱き起こした。

「……そいつが抜刀斎か、沖田」

斎藤の切れ長の目が、ぎろりと緋村を睨み付ける。

沖田は口元の血を拭うと、「ええ」と不敵な笑みで強がってみせた。

「噂《うわさ》ほどの腕ではありませんね」

「池田屋は全員片付いた。俺に任せろ」

斎藤が腰の刀に手をかける。

まずい――緋村は身構えた。沖田ひとりならばいざ知らず、新撰組全員を同時に相手にするのは至難《しなん》の業《わざ》だ。この場を切り抜けるには相応の覚悟がいるだろう。

刀を抜こうとする斎藤を、沖田が手で制した。

「そうはいきませんよ」

「今のお前じゃ無理だ、沖田」

斎藤が沖田を押しのけるように前に出た。

やはり、この男たちとの戦闘は避けられないようだ。緋村は、刀を握る手に力をこめる。

緋村が斎藤に一歩近づき、斎藤もまた一歩緋村に近づく。

間合いまであとわずか。全員を一度に相手にはできない以上、少しでも敵戦力を減らすのが最善。まずは一撃で斎藤の首を取る――緋村が地を蹴《け》ろうとしたその刹那《せつな》、

「――止めろっ！　緋村！」

背後から叫び声が響いた。

振り向けば、桂の側近、片貝が走ってくる。片貝は慌てた様子で緋村に駆け寄ると、耳に顔を近づけ、囁《ささや》いた。

「安心せえ……桂さんは難を逃れた」

桂が無事。それはなによりの情報だ。緋村はほっと胸をなで下ろす。

片貝はさらに続けた。

「既に会津の軍勢がここに向かっちょる。ここで新撰組と斬りおうても意味がない、退くぞっ！」

片貝が緋村の肩をつかみ、引っ張る。

桂の無事が確認された以上、これ以上戦闘を続ける理由はない。それは片貝のいう通りだ。

しかし——と、緋村は斎藤を見据える。彼らはいずれ、自分たちの障害となる。ならばここで頭数を減らしておくべきではないのではないか。

斎藤もまた、戦闘開始寸前で水を差されたことが気に入らなかったのだろう。緋村を睨みつけ、ふん、と鼻を鳴らしている。

「尻尾《しっぽ》を巻いて逃げるのか、抜刀斎」

斎藤の挑発的な物言いに、緋村は一瞬足を止める。

片貝はしびれを切らし、舌打ち混じりに緋村の腕を引いた。

「退け、緋村っ！　桂さんの命令じゃ！」

命令ならば――仕方がない。今はまだ、戦う時ではないということだ。

緋村は斎藤を一瞥《いちべつ》し、納刀する。そして踵《きびす》を返し、片貝と共に走り出した。

数人の新撰組隊士たちが「待てっ！」と緋村に追いすがろうとするが、斎藤は「止めておけ」と彼らを呼び止める。

「お前らが何人かかっても敵《かな》う相手じゃない」

緋村は己の背中に、刃物のように鋭い視線が突き刺さるのを感じていた。

斎藤一。

あの男とはこの先、長い付き合いになりそうだ――なぜか緋村は、そんなことを思うのだった。

※

雪代巴がやっとのことで自室に戻ったとき、時刻はすでに子《ね》の刻を回っていた。

緋村が飛び出していった後、小萩屋は大忙しだった。長州志士たちが大挙して宴会場へ集まり、ああでもないこうでもないと激論を交わしていたからだ。

「攘夷《じょうい》急進派はやることが早急すぎる」

「むしろ桂さんが慎重すぎたんでは」

「新撰組に知られた時点で、わしらももう終わりじゃ」

「京で肩身が狭くなる前に、次の一手を考えねばならぬ」

などと、唾《つば》を飛ばし合っていた。

志士たちの議論には、当然、酒とつまみが付きものだ。巴ら仲居は、彼らへの給仕に忙殺されていたのだった。

ただの仲居である巴にも、長州志士たちの不安や焦りはわからないでもない。自分たちの指導者が危機に陥《おちい》っていたのだ。大事な人の命を失う辛《つら》さは、巴もよく知っている。

大事な人、か——。

巴はため息をつき、窓から夜空を見上げる。

静かな夜空に輝くのは、欠けたところのない見事な丸い月だった。それがどこか血に染まったように赤みがかって見えるのは、今宵《こよい》京の街で起こった凶事のせいかもしれない。

あの人は、無事だろうか。

ふと巴は、夜の街に駆けだしていった青年の後ろ姿を思い浮かべていた。

不思議なものだと思う。この小萩屋で生活を共にして数週間、どうやら彼——緋村は、自分にとって気がかりな人間になってしまっているらしい。

凜々《りり》しいけれど、どこか哀しげな眼のせいか。まるで強さと弱さが同居しているような、あの不安定な面持《おもも》ちのせいか。それはわからないけれど。

いつかは緋村も、自分にとって大事な人になるのだろうか――巴がそんなことを考えていると、通りの向こうから大量の足音が響いてきた。

見れば赤い月の下、勇ましげにやってくる一団の姿が目に入る。

「――道を開けろ！」

数十名の男たちが、我が物顔で京都の町を闊歩《かっぽ》している。

纏《まと》うは血染めの羽織《はおり》。腰に携《たずさ》えるは血の滴《したた》る刀。それはまさに、狩りを終えたばかりの群狼だった。彼らの放つ威圧感は、部屋の中から見ているだけでも恐ろしさを覚える。

群れを率《ひき》いる親分狼が、野太い声を張り上げた。

「京は我ら新撰組が治安をもたらす！」

新撰組の凱旋《がいせん》を窓から眺めているのは、巴だけではなかった。向かいの八百屋《やおや》も、三軒隣の金物屋も、固唾《かたず》を呑《の》んで狼の行進を見守っている。

深夜とはいえ、文句をいう者など誰もいなかった。そもそも彼らに対して異を唱える者など、今の京都には存在しない――。新撰組の威風堂々《いふうどうどう》とした行進は、彼らが今宵築いた絶対的権力を示すには十分なものだった。

巴はごくり、と息を呑んだ。

彼ら新撰組は、あの人の敵。きっとこれからあの人は、苦境に立たされることになるのだろう。

そのとき私は、どうするのか。

街を征《ゆ》く新撰組の隊列を見送りながら、巴は己の運命に想いを馳《は》せていた。

※

池田屋事件から、丸一月。

新撰組の台頭により、長州藩士たちの立場は日に日に悪くなっていた。幕府方の監視の目はますます厳しくなり、京都における拠点をいくつも失う結果となっている。

この日の朝、小萩屋の食堂にも、重苦しい空気が漂っていた。

「——まったく、萩の連中は何を考えておるんじゃ！」

飯塚が、手にした味噌汁の椀《わん》を盆に叩きつけた。

がしゃん、と大きな音が鳴り、給仕中の巴がびくりと肩を震わせる。

飯塚が荒れるのも無理はない、と緋村は思う。長州藩士たちの命運はもはや、風前《ふうぜん》の灯火《ともしび》ともいえる状況なのだ。

もちろん、長州藩とて何ら策を講じなかったわけではない。

劣勢に立たされていた藩士たちは、先日、起死回生の賭《か》けに出た。佐幕《さばく》派の要《かなめ》、京都守護職松平容保を排除すべく、市街で武力蜂起《ほうき》を行ったのだ。

京の街には剣戟《けんげき》と砲撃の音が響き渡り、血で血を洗う惨劇《さんげき》が繰り広げられた。街の各所からは火の手が上がり、三日三晩続いた業火が、京都の大半を焼き尽くした。

死者は数百名。討幕《とうばく》派も佐幕派も、それから市井《しせい》の民も、多くの命が失われることとなった。

しかしそこまでの犠牲《ぎせい》を払っても、長州藩士たちは劣勢を覆《くつがえ》すことができなかった。新撰組に追い詰められ、首謀者《しゅぼうしゃ》たちはみな首を斬られてしまったのだ。

この大火の原因が討幕派にあったのか、佐幕派にあったのか。なにぶん、混乱の最中のことである。今となってはもはや、定かではない。

しかし新撰組は勝利の後、「京都の大火は討幕派の仕業《しわざ》である」と広く喧伝《けんでん》した。今や時代の流れに乗った新撰組の言葉を疑う者はいない。

結果として、京の民も各国の諸大名たちも、討幕派を「千年王都に火を放った悪党」だと信じることになってしまったのだ。

勝てば官軍。正義とは常に、勝者によって作られるもの——。緋村はこの一件で、強くそれを実感することとなった。

後の世で、「禁門《きんもん》の変《へん》」と呼ばれるこの事件は、京都における佐幕派の絶対優位を意味づけることになったのだった。

飯塚が、苛立《いらだ》たしげに拳を握りしめている。

「……くそっ!! どうすりゃええんじゃっ! 池田屋事件以降、幕府の勢いは増すばかり。長州派勤皇志士は壊滅状態じゃ。しかも、京を火の海にした怒りを買い、朝敵として追われる身……!」

もともと長州藩は、尊皇思想を掲げている。帝《みかど》を擁立《ようりつ》することで、幕府から力を奪うというのが目標なのだ。

しかし現在、その擁立するはずの帝からも敵として扱われてしまっている。実に本末転倒。最悪の状況だといわざるを得ない。

飯塚は、仲間の顔を見回し、「くそっ!」と毒づいた。

「おんしら、朝敵じゃあっ! 飯も喉《のど》を通らんばい!」

と、そのとき、ガラガラガラ、と勝手口が開いた。

現れたのは、桂の側近、片貝である。

「近々、ここも引き払うぞ」

片貝は飯塚とは対照的に、落ち着いた様子である。同志たちの苛立った顔を見回し、ゆっくりとした口調で告げた。

「新撰組がいつ襲うてきても不思議はない。桂さんが無事じゃった、そんだけでも儲《もう》けもんじゃ」

片貝のいう通りだ。緋村は無言で頷《うなず》いた。

小萩屋はもはや安全な場所ではない。他の拠点同様、いつ襲撃を受けてもおかしくはないのだ。

緋村の視線は、自然と巴に惹《ひ》きつけられていた。彼女は普段のようにあまり表情を変えず、てきぱきと朝食の膳《ぜん》を片付けている。

こんな場所にいたら、彼女の身を危険に晒《さら》すことになる――。そんなことを考えているうちに、緋村はふと、己の思考の違和感に気づく。

どうして自分は、巴の身を案じているのだろうか。自分にとって大事なのは、誰もが幸せに暮らせる新時代を築くことだったはずだ。そのためなら、なにを犠牲にしても構わないと思っていたはずなのに。

気づけば、巴もまた緋村の方をじっと見つめていた。

まるで磨かれた真珠《しんじゅ》のように、吸いこまれそうな深い黒。

あの瞳を、曇らせたくはないな――ただ素直に、そう思った。

※

悪夢を見た。

小萩屋が新撰組に襲撃され、飯塚も片貝もなます斬りにされた。

巴も同じだ。緋村の眼前で、血に渇《かわ》いた狼たちの剣に胸を一突きされて、瞬く間に絶命してしまった。

そんな夢を見ていたせいだろうか。

微睡《まどろ》みの中、緋村は人の気配を感じ、反射的に剣を抜いていた。

目を見開く。刀の切っ先のすぐ前には巴の首筋があった。彼女は驚きのあまり、目を皿のように丸くしている。

しまった――と思い、刀を下ろす。いつのまにか窓の外はすっかり日が落ち、ギイギイと虫の鳴く声が聞こえている、
どうやら自分は、自室で眠りこけていたらしい。巴は、そんな緋村に毛布を掛けようと

してくれたようだ。

緋村は巴から身を離し、「すまない」と頭を下げた。

「市井《しせい》の人を斬らないと大口を叩いたところで、今の俺はこんな有り様……。もう出ていってくれ」

巴は、静かに首を振る。

「もうしばらく、お傍に居させて頂きます。今のあなたには狂気を抑える鞘《さや》が必要です」

落ち着いて、しっかりした口調だった。今しがた恐ろしい目に遭《あ》ったばかりだというのに、気丈に振る舞おうとしている。不安定な緋村を慮《おもんぱか》っているのだろう。

本当に、意志の強い女性だと思う。たとえ緋村が拒《こば》んでも、きっと彼女は頑として緋村の傍を離れないに違いない。

きっと、気がかりな相手を放っておけない性分なのだろう。

巴のような優しい人間は、そうはいない。緋村のような血に穢《けが》れた人間を、わざわざ傍で支えようというのだから。

彼女を失ってはならない。彼女のような人間こそ、新時代で幸せに生きねばならない。

緋村は強くそう思った。

「以前の問いの答え――」刀を鞘に納めながら、告げた。「あなたが刀を手にしても、俺は斬らない。どんな事があろうと、あなただけは絶対に斬りはしない。あなただけは、絶対に」

巴は黙ったまま、じっと緋村を見つめている。

いつもと変わらない無表情だが、そこにはほんのわずか、安堵《あんど》の色が浮かんでいるようにも見える。緋村のことを信頼してくれているのだろう。

緋村が巴の肩に手を触れようとしたそのとき、階下から怒号が響いた。

「──新撰組じゃあっ！」

巴とふたり、顔を見合わせる。

いつか来るとは予想していたが、こんなにも早いとは思わなかった。

誰かが階段をばたばたと駆け上がり、血相を変えて緋村の部屋に飛びこんでくる。小萩屋の女将《おかみ》だ。

「こっちゃへ、さあ早うっ!!」

女将は小声で、階段下の裏口を指さした。新撰組に見つからないよう、そこから外に逃れろということだ。

緋村は「かたじけない」と頭を下げ、巴に目配せをする。

巴も頷き、机の引き出しの中から荷物を取り出した。敵の襲撃に備え、いつでも持ち出せるように準備しておいたものだ。

巴の荷物はそう多くない。白い柄の小刀に、風車の玩具《おもちゃ》。それと日記帳のみ。詳しくは知らないが、それらは彼女にとって大事な思い出の品々なのだろう。衣服よりも金銭よりも、人には大切なものがある。

価値観が日ごと移ろうこの激動の京都において、命の次に大事なのは、案外思い出なのかもしれない――。そんなことを思いながら、緋村は巴の手を取った。

※

斎藤一がその客室に足を踏み入れたとき、そこはすでにもぬけの殻《から》だった。

「いやあ、天下の新撰組はんが、なんの御用どす？」

宿の女将はしらを切っているが、斎藤にはすぐにわかった。

大通りに臨《のぞ》むこの部屋には、確実に何者かが滞在していた形跡がある。乱暴に開け放たれた机の引き出しに、脱ぎ捨てられた衣服。半分中身の残った湯飲み。

そしてなにより、壁や寝具に臭《にお》いがこびりついていた。新撰組《じぶんたち》には決して隠すことのできない、生々しい血の臭いが。

間違いなく、抜刀斎《やつ》はここにいた。それも、つい先ほどまで。

斎藤は「ちっ」と舌打ちする。どうやら自分たちは、すんでのところで標的を取り逃がしてしまったらしい。

「くまなく探せ！」

斎藤は部下たちに指示を出しつつも、苛立ちに表情を歪めていた。

抜刀斎は、幕府方にとってもっとも優先すべき排除対象である。討幕《とうばく》派の勢いが衰えつつある今においても、抜刀斎という存在は連中にとっての精神的支柱となっている。

逆にいえば、抜刀斎さえ叩ければ、連中を容易《たやす》く瓦解《がかい》させることが出来るのだ。敵を完《かん》膚《ぶ》なきまでに叩くためには、どうしてもまず抜刀斎を斬る必要がある。

なのに――こうしてみすみす逃げられてしまった。目の前で抜刀斎を逃がすのは、これで二度目になる。

斎藤は「ちっ」と舌打ちをしつつ、部屋の窓から京の街を見下ろした。

今はせいぜい逃げ回っていろ、抜刀斎。人斬りと新撰組、いずれは雌雄《しゆう》を決さねばならない間柄なのだ。どこに隠れようと、必ず見つけ出してやる――。

斎藤は窓に背を向け、部屋を離れた。

※

京の街には、いまだ鼻を刺すような灰の臭いが漂っていた。

数か月前に祭りで賑《にぎ》わっていた街路には黒焦げの木材が散乱し、家を失った人々が、炊《た》き出し目当てに列を成している。惨憺《さんたん》たる有様だった。

これが自分たちの努力の結果なのか――。緋村は胸が締め付けられるような思いで、変わり果てた京の街を歩いていた。

――桂さんから、内々に話がある。

先刻、新撰組の手を辛《から》くも逃れた緋村の元に、片貝からの伝言が届けられた。それで緋村と巴は人目を避けるようにして、待ち合わせ場所へと向かっているのだった。

桂は現在、柳小路《やなぎこうじ》付近に潜伏しているという。なるほど、あの辺りは雑多な者が行きかう裏路地だ。あそこならば、新撰組の監視の目も届くことはないと踏んだのだろう。

緋村が路地に足を踏み入れると、物陰から「来たか」と声がする。

目当ての人物は、小汚い箱に腰を下ろして緋村を待ち構えていた。襤褸《ぼろ》をまとい、顔には煤《すす》だらけ。前に会った時よりもさらに頬《ほお》がこけているせいか、一瞬、宿無《やどな》しの類《たぐい》かと思ってしまったほどだ。

「桂さん」

緋村が応えると、桂は静かに立ち上がり、周囲を見渡した。追っ手の有無を確認しているようだ。

「私はしばらく身を隠す。萩にも戻れんが、ここにおったんじゃいずれ捕らわれる」

桂の表情は深刻だ。一年前、共に上洛《じょうらく》して以来、ここまで焦燥《しょうそう》する桂を見たのは初めてのことだった。討幕派の指導者がこの状態で、果たして新時代を築くことなど出来るのだろうか。

緋村は率直《そっちょく》に尋ねた。

「もう終わってしまうのでしょうか」

「時を待てということだ。今はその時ではない」

「俺は……どうすれば？」

「京の外れの農村に家を用意した。再起の時までしばらくそこで身を潜めてくれ。必要なもんは飯塚や片貝に届けさせる」

逃亡と隠遁《いんとん》。今の自分たちにはもう、京を離れるしか道はないのだろう。

ただ、話を聞く限り、桂はまだ心が折れたわけではないようだ。ならば、今は彼を信じるのみである。

緋村は桂に、「わかりました」と頷《うなず》いてみせた。

脇を見れば、巴もじっと桂の話に耳を傾けている。

「巴くん、君もそこで緋村と共に暮らしてくれんか」

桂はゆっくりと巴に向き直り、諭《さと》すように続ける。

「女子《おなご》と共におれば、身は隠しやすい。もちろん形だけで結構だ」

桂は真剣な表情で巴を見つめ、「緋村を頼む」と頭を下げた。

くるりと背を向け、そのまま路地の奥へ。追っ手から逃れるべく、すぐに移動するつもりなのだろう。

小さくなっていく桂の背を見送った後、巴は緋村を見上げた。

「……どうします。私は別に、他に行く当てはありませんけど」

「まったくない、というわけではないだろう」

巴の家庭の事情について、緋村も詳しく知っているわけではない。しかし飯塚の調査によれば、それなりに裕福な武家の出であるらしいことはわかっている。

彼女には、このまま京を離れ、家に帰るという選択肢《し》もあるのだ。そうすれば、闘争とは無縁の場所で暮らせるはずである。

そう、彼女が望みさえすれば――。

しかし緋村はそこまで考えたところで、頭を振った。彼女はすでに、「緋村の鞘《さや》になる」と申し出てくれている。

あとは、それを自分が受け入れるかどうか。そういう話なのだ。

「すまない」緋村は巴に向けて、小さく頭を下げた。「やはり相手に答えを任せようとするのは、ずるいな」

真珠《しんじゅ》の瞳が、じっと緋村を見つめている。その視線は寸分ほどもずれることはなく、緋村の心を読み取ろうと真剣になってくれている。

だから緋村も目を逸《そ》らさず、素直に本心を告げた。

「共に暮らそう。俺はこんなだから、いつまで続くはわからないが……」

緋村は彼女の手を取った。白く細い手。しかしほんのりと、優しい温かみを感じる。

「できれば形だけでなく……共に――」

「はい。お供させていただきます」

巴が微《かす》かに頰を緩《ゆる》めた。

それは緋村がこれまでに目にしてきた彼女の表情の中で、もっとも美しいものだった。

この日、雪代巴は、緋村巴となった。
緋村は心に誓う。彼女と添い遂《と》げることを。
死が、二人を分かつまで――。

三.

農村での新しい生活は、緋村《ひむら》にとっては至極《しごく》新鮮なものだった。京の街中のように、人々の賑《にぎ》わいがあるわけではない。家は山々と畑に囲まれ、わずかな数の百姓たちが長閑《のどか》に暮らしている。

日の出と共に目を覚まし、畑仕事に精を出す。聞こえてくるのは鳥の囀《さえず》りと幼子たちの遊ぶ声。日暮れと共に家に戻り、静けさに包まれて眠る。

政治や闘争とはまるで無縁の、穏やかで牧歌的な生活だ。街中からさほど離れてはいない場所のはずなのに、まるで違う世界に来たかのような感覚である。

順応には、それなりに長い時間を要した。

京を離れ、こんな田舎《いなか》で油を売っていていいのか。新時代を築くため、自分には他に出来ることがあるのではないか――。緋村が村に来た当初、そんな焦燥《しょうそう》感を覚えていたのは事実である。

しかし緋村はそんな内心の焦りを押し殺し、農村の人々の生活に溶けこむよう努めた。これもまた任務なのだと自分に言い聞かせながら、無心で畑仕事に従事したのだ。

巴《ともえ》とふたり、不慣れながらも田畑を耕し、苗を植える。試行錯誤《しこうさくご》を繰り返し、ときには他の村人たちに教えを乞《こ》いながら、なんとか日々の糧《かて》を生み出す。

農具を振るい続けて一日を過ごし、また農具を振るう一日を迎える。その繰り返しだった。

時間は、ゆったりと流れていた。

気づけば蟬《せみ》の鳴く季節も過ぎ、日差しも穏やかなものになっていた。色づく木々が秋の訪れを感じさせている。

緋村は、この日も鋤《すき》を手に、畑を耕していた。

ざくり、ざくりと土を掘り砕き、丁寧《ていねい》に畝《うね》を作っていく。この畝は、大根と葱《ねぎ》を植えるためのものだ。ろくな行商も来ないこの村では、冬を越すために、各々《おのおの》が自力で食糧を確保する必要がある。

この村に来て初めて聞き知ったことなのだが、良い植物を育てるためにもっとも重要なのは、土壌《どじょう》作りなのだという。毎日毎日土を弄《いじ》り、最適な状態を保つ。力よりも、根気を要する作業である。

「土の良い香りがしますね」

巴が苗を植えながら、緋村の方を見上げた。

緋村は彼女に「ああ」と頷《うなず》き返し、また鍬を振るう。

人斬りが、刀以外の刃物を振るう。奇妙なものだとは思う。これまで自分の振るってきた刃は、他者の命を奪うためのものであり、生命を育《はぐく》むためのものではなかったからだ。

だが、悪いものではないと思う。こういう長閑な暮らしも、自分には合っている。緋村は不思議と、そんな風に思い始めていた。

朝から農作業に励《はげ》み、夕暮れ時には縁側で茶を楽しみ、夜には巴との憩《いこ》いのひとときを過ごす。そんな優しい時間の積み重なりが、心に溜まった毒気を抜いていくようだった。

——人のあるべき姿とは、本来こういうものなのかもしれないな。

京で夜ごと人を斬っていた頃に比べれば、いくぶん気持ちが軽くなったような気さえする。農村に来《こ》たばかりの頃に感じていた焦りも、今ではあまり気にならなくなっていた。

きっと自分は変わったのだろう。緋村はそう実感している。

巴もまた、緋村の変化には気づいているようだ。

ある日の朝食のときのことである。緋村が巴の手料理を口に運んでいると、ふと彼女が横合いから自分の顔をじっと見ていることに気がついた。

緋村が「ん？」と首を傾《かし》げると、彼女は意外な一言を呟《つぶや》いた。

「あんまりおいしそうに食べるものだから」

そういわれて初めて、緋村は己が食事に夢中になっていたことに気がついた。料理を味わうことに没頭していたせいで、ひと言も彼女と口を利《き》いてなかったのだ。

この日、巴が出してくれたのは、焼いた鹿肉に山菜の煮物。自分たちで育てた大根の漬け物。それから、釜《かま》いっぱいに炊《た》かれた、ほかほかの白米。緋村はそれらの手料理を、脇目も振らずに胃袋の中にかきこんでいた。

これは仕方ないことだと思う。

なにせ、飯がものすごく美味《うま》いのだ。

京にいた頃は、食事とはただ飢えを満たすための作業だと考えていた。有事の際、とっさに身体《からだ》を動かせるように、最低限の量を腹に入れておく。それだけの目的しかなかった。料理の味を愉《たの》しむなど、少し前では決して考えられなかった感覚だった。

酒も同様だ。以前は血の味しかしなかった酒が、ちゃんと味わえるようになった。今では、酒精《アルコール》が五臓六腑《ごぞうろっぷ》に染み渡っていくのを、心地好く感じられるようになっていた。

これはきっと、いい変化なのだと思う。

いうなれば自分は――緋村剣心《けんしん》という男は、まともな人間ではなかった。人としての普通の暮らしというものを、あまりに知らなさすぎたのだ。

食うや食わずの貧農に生まれ、十歳で剣の師匠《ししょう》の元へ。飛天御剣流《ひてんみつるぎりゅう》の苛烈《かれつ》な修行に精神《こころ》と身体を削《けず》り、数年後には人斬りとして影の道を歩いてきた。

人と進んで話すことも、笑顔を交わすこともない暗い日々。自分がどれだけ歪んだ人生を送ってきたのか――緋村は今になってそれを理解した。

日々の糧を得るため、懸命に流す汗。

美味い料理を愉しめる、心のゆとり。

他者と互いに支え合い、過ごす時間。

それらはどこにでもありふれていて、誰もが願う当たり前の幸福だ。この農村では子供でさえ理解している単純なことだが、〝人斬《ひとき》り抜刀斎《ばっとうさい》〟はこれまで、知る由《よし》もなかったことだった。

「ここに来て、わかったことがある」

緋村は箸《はし》を置き、じっと巴の黒い瞳を見つめた。

「俺は今まで、一人でも多くの人々の幸せを守るために、新時代を開こうと剣を振るってきた。しかし、それがいかに思い上がりだったか……」

緋村はこれまでただ漠然《ばくぜん》と――幕府による支配構造を崩せばいいと、新時代が来れば皆が幸せになれるのだと、そう思って人を斬り続けてきた。

しかし、それは大きな誤りだったのだ。

人としての幸福を知らない人間が、真の意味で他人を幸せにすることはできない。

事実、これまで緋村がいくら人を斬っても、それで周囲の人を幸せに導いたという実感を得ることはできなかった。

この手で自分はなにを守りたいのか。どうすれば、本当の意味で他人を幸せにすることが出来るのか――。まずはそれを考えなければならなかったのだ。

今はほんの少し、それが見えてきたように思う。

「幸せというものがどういうものなのか、俺は何もわかってなかった。ここでの君との生活が、それを教えてくれた気がするよ」

巴は静かに頷き、空《から》になった緋村の茶碗《ちゃわん》を手に取った。

白米のお代わりをよそうその横顔は、微かに笑っているような気がした。

※

青々と繁《しげ》った葉を、根元から両手でまとめてつかむ。そのまま力をこめて一気に引き抜くと、白い大根が土の中から顔を出した。

丸々と立派で、形もいい。これなら、市場の売り物としても通用するだろう――。緋村は己の育てた大根を惚《ほ》れ惚《ぼ》れと見つめながら、口元を緩《ゆる》めた。

「……あなたは近頃、よく笑うようになりましたね」

巴が近づき、手ぬぐいで緋村の顔を拭《ぬぐ》う。泥でもついていたのだろう。

よく笑う――か。

たしかに、巴のいうとおりかもしれない。この村に来て数か月、以前のように常に気を張り詰めるということもなくなり、安楽に身を委《ゆだ》ねられるようになっていた。

就寝の際も、落ち着いたものだ。敵の襲撃に怯《おび》えることもなく、ゆっくりと熟睡出来るようになっていた。寝ぼけて巴に剣を向けるようなことも、最近では皆無である。

いずれ再び闘いの日が戻ってくるのはわかっている。しかし出来れば、この平穏な時が少しでも長く続いて欲しい――。緋村は、それを願わずにはいられなかった。

緋村が収穫した大根を束にまとめ、抱えて立ち上がろうとしたところで、背中に「よお」と声をかけられた。

振り向けば、大きな木箱を抱えた旅装束《たびしょうぞく》の男がいる。

一瞬、薬売りの類《たぐい》かと思ったが、その陽気な髭面《ひげづら》には覚えがあった。長州藩《ちょうしゅうはん》の同志、飯塚《いいづか》である。わざわざ変装してこの村を訪れたのは、緋村への定期連絡のためだろう。

緋村は飯塚を、屋内に案内した。

飯塚は囲炉裏《いろり》の前にどっかりと腰を下ろし、巴の淹《い》れた茶を「すまんの」と啜《すす》る。

「なんやぬしら、本当の夫婦所帯みたいじゃなあ」

巴は一瞬、虚を衝《つ》かれたような表情を浮かべた。そそくさとそのまま「畑、見てきますね」と立ち上がる。

彼女なりに照れている……のだろうか。

逃げるように家を出ていった巴の後ろ姿に、飯塚は眉《まゆ》を顰《ひそ》めた。

「ん？　なんぞまずいことというたか」

「いいえ、それより――」

緋村が話を促すと、飯塚は「ああ」と手にした煙管《きせる》で囲炉裏の縁を叩いた。

「状況は良くない」

飯塚の眉間《みけん》には、谷のように深い皺《しわ》が刻まれている。

「藩の保守どもが幕府へのご機嫌伺《うかが》いで、次々詰《つ》め腹《ばら》を切らせちょる。今、萩《はぎ》では腹切りの無い日はないいっちゅう噂《うわさ》じゃ」

「桂《かつら》さんから連絡は？」

「藩じゃ『逃げの小五郎《こごろう》』って陰口を叩かれちょる。もう長州も終わりじゃ」

それは緋村にとって、意外な話だった。これまで討幕《とうばく》派の矢面《やおもて》に立って長州を引っ張っていた桂が、そんな及び腰の姿勢を見せているとは。

「まさか――」

緋村の言葉を遮《さえぎ》るように、飯塚は首を振った。

「世の中そんなもんよ。とにかくわしらは待つしかねえ」

飯塚は懐《ふところ》に手を入れ、こぶし大の袱紗《ふくさ》を取り出した。それを床に置き、緋村の方にずいと突き出す。

「これは当座の金、片貝《かたがい》さんからだ」

緋村は袱紗を受け取り、その重さが以前よりも軽くなっていることに気がついた。藩の財政も厳しいということだろう。改めて、討幕派《じぶんたち》の劣勢を実感してしまう。

飯塚は、「それと」と持参してきた木箱を叩いた。

「荷物《これ》を置いていく。お前、薬を作って売り歩け。商売やっちょりゃ、世間は大して疑わんからの」

なるほど――と思う。医者のいない寒村では、薬売りは重宝《ちょうほう》される。周囲に感謝される存在であれば、村人たちから疑われることもないだろう。

緋村はこくりと頷《うなず》き、飯塚から薬箱を受け取った。

飯塚は茶を飲み干し、それから益体《やくたい》もない世間話を二、三して、「よっこらしょ」と立ち上がった。

戸外に出た飯塚は、畑仕事をしている巴に手を振った。

「ほんじゃまたな、巴さん。あんた今日から薬屋の女房じゃ」

事情がよくわかっていない巴は、不思議そうな顔で首を傾げていた。

そんな巴の反応が面白かったのだろうか。飯塚は含み笑いを浮かべながら、緋村たちに背を向けた。

※

片貝はひとり、京都郊外へと続く山道を歩いていた。

吐く息が白い。冬の山道は、うっすらと白化粧《しろげしょう》に彩られている。

目的地は緋村の隠れ家。ついさきほど片貝は、桂から秘密裏《り》に言伝《ことづて》を頼まれ、郊外の農村へと向かっていた。

言伝の内容は、数か月前、緋村に襲撃を仕掛けた黒衣の侍についての情報だった。連鎖《れんさ》刀《とう》を使う謎の暗殺者——粘り強い調査の結果、ついにその身元が判明したのだ。

黒衣の侍が所属していたのは、「闇乃武《やみのぶ》」。

かの御庭番衆《おにわばんしゅう》に匹敵する戦闘力を有する、幕府直属の影の暗殺集団である。

拠点や構成員など、詳しい情報は一切不明。だが、彼らは一度狙った獲物を決して逃がすことはないという。

ならば遠からず、再び緋村に仕掛けてくるはずだ。片貝は彼に注意を促すため、山道を急いでいたのだった。

まったく間が悪い——片貝は歩を進めつつ、ため息をついた。

今日はもともと、飯塚が定期連絡のために緋村の元を訪れる予定になっていた。それならいっそ、この情報も一緒に届けてもらった方が面倒はなかったのに、と思う。

この情勢下で、信頼のおける配下が二人も桂の側を離れるのは、得策ではないからだ。

だが残念ながら、桂の元に闇乃武の情報が届いたのは、飯塚が出発した直後のことだった。なので、こうして片貝が動かざるを得ないというわけだ。

ともあれ、この情報には緋村の命がかかっている。事が事だけに、二度手間になってしまっても仕方が無い。

そういう理屈で片貝が己を納得させようとしていると、雪道の向こうに人影を見つけた。

見覚えのある髭面の男——。飯塚だ。ちょうど緋村の隠れ家から戻ってきたところだろうか。

片貝は飯塚に声を掛けようとしたのだが、口を開きかけてすぐに閉じた。

飯塚の様子が、どこかおかしい。まるで尾行を警戒するかのように、きょろきょろと周りを見回している。

なにかが引っかかる。

片貝は反射的に、近くの岩陰に身を隠した。

飯塚は尾行がないことを確認すると、脇道に逸《そ》れた。あれは、京都市街へ戻る道ではない。人里離れた森へと続く獣道《けものみち》だ。いったい飯塚は、どこに向かうつもりなのだろうか。

嫌な予感がする。

片貝は息をひそめ、飯塚の後を追うことにした。

※

ふう、と息を吐きながら、飯塚は冷たい床の上に腰を下ろした。

ここは人里離れた森の中にある、とある古い仏閣《ぶっかく》だ。表向きは朽《く》ちた廃寺だが、その実、影の組織──闇乃武の根城となっている。

飯塚の周囲を取り囲むのは、金箔《きんぱく》の剝《は》げた古い仏像に、所狭しと置かれた刀剣類、銃器の数々。それと、黒装束に身を包んだ強面《こわもて》の忍《しのび》たちである。

飯塚にとって、彼らは敵ではない。闇乃武は、佐幕派の間者たる飯塚にとって、真の同胞《どうほう》とでもいうべき存在だった。

上座に座る初老の男は、闇乃武の首領、辰巳《たつみ》である。

白髪交じりの長髪に、厳《いか》めしい口髭。忍装束の下に覗《のぞ》くのは、鋼《はがね》のごとく鍛え上げられた筋骨隆々の肉体。

五十を過ぎてなお闇乃武最強の座に君臨し続けるこの益荒男《ますらお》は、その猛虎のように荒々しい目を飯塚に向けた。諜報《ちょうほう》活動に関する報告を求めているのだ。

飯塚は、同胞たちに向けて鷹揚《おうよう》に口を開いた。

「この数か月で、抜刀斎の目の色はかなり変わった。殺《や》るなら今だ」

辰巳はじっと黙って、飯塚の話に耳を傾けていた。

「まったく大したもんだ、あんたら闇乃武の仕込みは──」

と、そのときだ。

辰巳が突然、囲炉裏にくべてあった真鍮《しんちゅう》製の火箸をつかみ、いきなり飯塚の方に向けて放り投げたではないか。

飯塚は驚きのあまり、「ひっ」と竦《すく》み上がった。

辰巳の投げた火箸は飯塚のすぐ脇をかすめ、背後の扉に突き刺さった。

その瞬間、扉の外で、がたりと物音が響く。

人のいる気配――。飯塚は今の今までまるで気づいていなかったのだが、どうやら誰かがこの寺の外で聞き耳を立てていたようだ。

辰巳が、ふんと鼻を鳴らす。

「後をつけられていたようだな。脇が甘いぞ、飯塚」

長州藩の者だろうか。飯塚はごくりと息を呑《の》む。もしも自分の正体が桂にばれるようなことがあれば、命はない。闇乃武に始末されることになる。

飯塚が立ち上がろうとした矢先に、外から「ぐあああっ！」と男の悲鳴が響いた。

ああ――と、飯塚は安堵《あんど》した。そういえば、表の見張りをしていたのはあの男だった。

あの冷酷無比《れいこくむひ》な鉤爪使《かぎづめづか》いならば、敵をみすみす逃すはずもない。

一瞬後に扉が開き、血まみれになった敵の身体《からだ》が床の上に投げ入れられる。

「い、飯塚、貴様ぁぁッ……！」

誰かと思えば、桂の側近、片貝だった。鉤爪で掻《か》っ切られた喉《のど》から、滝のように血が溢《あふ》れ出している。もう長くはないだろう。

飯塚は自分の失態に、「ったく」と後ろ頭を掻く。口封じには成功したものの、これはこれで厄介《やっかい》な事態になってしまった。

「こいつは桂の側近だ。いなくなったら騒ぎになるぞ」

飯塚のひと言に、闇乃武の忍たちが顔を見合わせる。

しかし上座の辰巳には、まるで狼狽《うろた》えた様子はなかった。不敵な薄笑いを浮かべながら、鷹揚に口を開く。

「ならば、これを以《もっ》て抜刀斎抹殺《まっさつ》の開始とするまで」

辰巳は周囲の部下たちを睥睨《へいげい》した後、本堂の隅に目を向けた。

そこに座っているのは、まだ年端もいかぬ少年だった。小柄でやせっぽち、元服《げんぷく》にも満たぬ年齢に違いない。

もっとも、その表情に子供らしさは微塵《みじん》もなかった。少年は絶命した片貝を目にしても、顔色ひとつ変えず、平然とした表情を浮かべている。

末恐ろしいガキだ――と飯塚は思う。幼い頃から人の死に慣れているような子供は、ろくな人間に育たない。抜刀斎がいい例だ。

辰巳は少年の目を見て、告げた。

「縁《えにし》、お前の出番だ」

少年――雪代縁《ゆきしろ》はこくりと頷き、その場から立ち上がる。

彼が微《かす》かに嘲笑《わら》っているのを見て、飯塚は背筋がぞくりとするのを覚えた。

※

窓の外にちらちらと降り始めた雪を眺めながら、雪代巴は、日記に筆を走らせていた。

巴にとって日記を記すのは、昔からの習慣だった。日々経験したことを改めて文字に書き起こすことで、客観的に整理することが出来る。哀しいことも辛《つら》いことも、感情を大きく乱すことなく、冷静に受け入れることが出来るのだ。

巴はこれまでもう何度も、この日記を書くという作業によって精神的な救いを得ていた。

そう、あの日だって――。

巴が筆を止め、ぼんやりと昔のことを思い返していたそのとき、家の戸口の方から、がたんと音がした。

緋村《あのひと》が薬の行商を終え、帰ってきたのだろうか――。巴は立ち上がり、戸口に向かう。

しかし、やってきたのは緋村ではなく、意外な人物だった。

「縁……!?」

巴は息を呑んだ。

無造作《むぞうさ》に癖《くせ》のついた短髪に、やんちゃそうな吊り目。巴の記憶よりもずいぶん背は伸びていたが、見間違えるはずはない。

そこにいたのは巴の血を分けた弟、縁である。

「縁……。驚いた、久しぶりね、大きくなって」

巴は三和土《たたき》に駆け下り、縁の細い身体を抱きしめた。

くすぐったそうに身を捩《よじ》る縁の仕草は、なんとも可愛《かわい》らしい。大きくなってもこういうところは昔と変わらないな――と、思う。

「江戸からはいつ出て来たの？　お父さんは元気にしてる？」

「わかんないよ。姉さんが京へ行った後、すぐにこっちに来たから」

巴は眉《まゆ》を顰《ひそ》めた。

巴が京都に来たのは、まだ桜も散りきらぬ頃合いだった。縁も同じ頃に来ているとなると、かれこれ数か月間こちらで暮らしていることになる。

縁はまだ子供なのだ。江戸の実家を離れ、長期間単独で生活をするなど普通のことではない。今の京都の情勢を鑑《かんが》みれば、なおさら変だ。

「どういうこと？　あなたここで何をしているの？」

「姉さんの手伝いさ」

縁が含みのある笑みを浮かべた。

どこか歪んだその表情に、巴ははっと息を呑む。

この子はもう、昔の縁ではない。自分と同じ——過去に囚われた目をしている。

巴は静かな声で尋ねた。

「……あなた、どうしてここがわかったの？」

「分かるよ。だって、俺が連絡係なんだから」

「……縁、まさか……」

「喜んで姉さん、やっとあいつに……抜刀斎に天誅《てんちゅう》を下せる時が来たんだ」

縁が笑った。

巴がこれまで、一度も見たこともないような悍《おぞ》ましい表情で。

※

薬の入った木箱を背負い、緋村はゆっくりと山道を歩いていた。

本日、緋村が薬を届けに回ったのは五軒。山仕事に従事する者の多いこの村では、打ち身や切り傷などの怪我《けが》も多く、緋村の薬は大いに重宝されていた。今では緋村も「薬売りの検心さん」などと呼ばれ、評判も悪くない。

村に溶けこむために始めた薬売りの仕事だが、土いじり同様、これも慣れてみると存外苦ではなくなってきた気がする。

もともと、人を殺すのは好きではなかった。それより、人を救う方が性《しょう》に合っているのかもしれない。

そんなことを考えているうちに、緋村は家にたどり着いていた。中に入ろうとしたところで——戸の内側から話し声が聞こえてくることに気がつく。

来客のようだ。

しかし緋村の仕事絡みの来客の予定は、しばらくなかったはずだ。村の誰かだろうか。

緋村が首を傾《かし》げていると、家の中から見知らぬ顔が飛び出してきた。

幼い少年だ。汚れた衣服に、無造作に撥《は》ねた髪。このあたりでは見かけたことがない子供だったが、不思議と初対面という感じはしなかった。

顔つきがどこか、巴に似ている。思いがけず、そんな気がした。

少年は緋村と目が合うと、きっと強い視線で射竦《いすく》めた。悲しみと憎しみが入り交じったような、強烈な眼差《まなざ》しである。

いったいなんだというのだろう。緋村は少年の名を尋ねようとしたのだが、その前に彼は視線を逸《そ》らし、走り去ってしまった。

「縁……！」

慌てた様子で、巴が家から出てきた。彼女の視線は、今しがた出ていった少年の背に注がれている。

ややあって、巴はようやく緋村が帰宅したことに気がついたのだろう。「おかえりなさい」と頭を下げる。

あの少年は、巴の知り合いなのか。緋村がそう尋ねようとする前に、彼女は口を開いていた。

「弟の、縁です」

「そうか、弟がいたとは……」

「すみません、わがままな子で」

緋村は「いや」と首を振った。

「姉上が取られるようで不安なのであろう」

巴は、申し訳なさそうに目を伏せている。

肉親の不躾《ぶしつけ》な態度を詫《わ》びるその姿は、緋村にとって新鮮なものだった。そういえばこれまで、彼女から家族の話を聞いたことは、ほとんどなかった気がする。

そのとき、緋村は頬《ほお》にひんやりと冷たいものが触れるのを感じた。空を見上げると、ちらちらと粉雪が舞い始めている。

「どうりで冷えるわけだ」

どんよりと厚い雲の具合からすれば、今夜は大雪になるかもしれない。早めに囲炉裏《いろり》の準備をしておいた方がいいだろう。

緋村が家の中に入る。そのあとに、巴も静かに続く。

緋村が囲炉裏の前に腰を下ろすと、巴が意を決したように口を開いた。

「少し、お話ししていいですか」

さきほどの弟についての話だろうか。彼女が自ら己のことを話そうとするのは、珍しいことである。

緋村が囲炉裏に火を熾《お》こし、巴がその脇に腰を下ろす。

見れば彼女の手の中には、小さな風車の玩具《おもちゃ》があった。緋村もこれまで何度か目にしたことがある。巴がずっと大切にしているものだ。

「私の実家は江戸にあります。裕福ではありませんが、父と弟と三人、ごく平和に暮らしておりました」

緋村は黙って、彼女に話の先を促した。

「御家人《ごけにん》である父は文武共にからきしですが、ただただ優しく……。病弱であった母は縁を産んで、すぐに亡くなりました。縁は母を知りません。思い込みが激しい気性なので時々手を焼かされますが、かわいい弟です」

巴は父と弟と三人、江戸で幸せな生活を送っていたという。昔を懐かしむような彼女の口調からすれば、その生活に不満はなかったのだろう。

それがどうして——巴はひとり、江戸からわざわざ政情不安な京都に赴《おもむ》くことになったのだろうか。

緋村は、彼女の話に耳を傾けた。

「……私、決まっていたんです、嫁《とつ》ぎ先が」

顔にこそ出さなかったが、緋村は驚く。初めて聞く話だ。

祝言《しゅうげん》の予定があったはずなのに、彼女はこれまで独りだった。ということは、なにか相手に不幸が起こったということに他ならない。

巴は、淡々と続ける。

「相手は、同じ御家人の家の次男で、幼馴染《おさななじみ》でした。彼は私のために、もっと世に出たい、と見廻組《みまわりぐみ》への参加を志願し京に出ました」

彼は誰にも優しくて、何より努力の人でしたから——と巴はいう。そんなところがずっとずっと好きだった、と。

語る巴の表情は、ほとんど変わっていない。しかし、その瞳の奥には、深い哀しみが浮かんでいるようにも思える。

「そして祝言の前に……京での動乱に巻き込まれ、帰らぬ人となりました」

巴は言葉を切り、白い息を吐く。その肩が小さく震えているのは、寒さのせいだけではないのだろう。

「江戸で泣いてすがってでも彼を止めていれば……あなたが世に出なくとも私は幸せだと……なぜ言わなかったのかと……そう思えば思うほど——」

巴が声を詰まらせた。嗚咽《おえつ》を堪《こら》えるかのように、下唇を嚙《か》みしめている。

緋村は、知らず知らずのうちに立ち上がっていた。腕を伸ばし、彼女の細い身体を強く抱きしめる。

「もういい……。もういいんだ……」

巴はなにも応えない。じっと緋村に、己が身を預けている。

緋村は巴の背中を、優しく撫《な》でた。

彼女を苛《さいな》むその後悔《こうかい》を、少しでも紛《まぎ》らわせることが出来るように、と。

※

微《かす》かに揺れる囲炉裏の火が、巴の頬を照らしている。

今、緋村と巴の間を隔《へだ》てているものはなにもない。ふたりはひとつの毛布に包まれながら、互いの肌で熱を交わし合っていた。

戸外に響くのは、轟々《ごうごう》と吹雪《ふぶ》く夜の風の音。しかし、今のふたりが冬の寒さを感じることはない。繋《つな》がり合った心と身体が、外界の厳しさを消し去っているのだ。

巴の手が、緋村の左頬の傷を撫でる。そしてその手を覆《おお》うように、緋村が手のひらを重ねた。

温かい。緋村にとって、人肌の温もりがこんなにも愛《いと》おしいと感じたのは生まれて初めてのことだった。

そういえば――と緋村は思う。京にいた頃、常に己の周囲に纏《まと》わりついていた生臭《なまぐさ》い血の臭《にお》いは、いつのまにか消えて無くなっている。

その代わりに漂うのは、ほのかな白梅香《はくばいこう》の香り。

巴が好んでつけているその香油の香りは、今や緋村にとって温もりと安らぎの象徴となっている。

彼女は――雪代巴は、本当に不思議な人だ、と思う。自分のような穢《けが》れた人間の心の中に、こんなにも温かい火を灯してくれたのだから。

「初めて会ったとき」腕に抱いた巴に向けて、緋村は呟《つぶや》く。「『あなたは血の雨を降らせるのですね』……君はそう言った。『平和のための闘いなど本当にあるのか』とも」

「はい」

「この先もきっと、俺は人を斬り続けることになるだろう。新しい時代が来るその日まで」

巴は少しだけ目を伏せ、囲炉裏の火をじっと見つめている。

緋村は「しかし」と彼女の肩を引き寄せた。

「そのときが来たら……甘い戯言《ざれごと》かもしれないけれど、俺は人を斬るのではなく、人を守れる道を探そうと思う。この目に映る人々の幸せを大切に守りながら、罪を背負い、償う道を」

巴が顔を上げた。目を丸くして、緋村の方をじっと見ている。

他ならぬ彼女が教えてくれた、人それぞれの幸せの形と、その重み。

飛天御剣流《ひてんみつるぎりゅう》がいかな超越の剣であろうと、人の幸せのすべてを担《にな》うことなど出来やしない――巴との暮らしの中で、緋村が得た答えである。

出来るのはひとつ。

この目に映る人々の幸せを、ひとつひとつ守ることだけなのだ。

「巴」

緋村は腕に力をこめた。腕に抱いた彼女の柔らかさを、しっかりと噛みしめるように。

「君が一度は失った幸せを……今度こそ俺が守り抜いてみせる」

巴は小さな声で、「はい」と頷《うなず》いた。

黒い瞳を潤ませ、彼女にしては珍しい、優しげな微笑《ほほえ》みを湛《たた》えながら。

※

巴は日記に筆を走らせ、昨夜の出来事を記していた。

緋村は優しかった。これまで出会った誰よりも、巴の心を温かく包み込んでくれた。巴を「守る」といったあの言葉に、嘘偽りは微塵《みじん》もないのだろう。

だからこそ――心苦しい。

まっすぐな気持ちを見せてくれた緋村とは対照的に、巴は彼に対して大きな秘密を抱えている。その疚《やま》しさが、じくじくと巴の心を苛んでいるのだ。

緋村剣心は、素晴らしい人間だった。

決して、残虐《ざんぎやく》な人斬りなどではない。人を斬ることに迷い、傷つき、それでも理想を追い求めようともがいている。

今は混迷の最中にあったとしても、時間さえあれば、彼はきっと見出《みいだ》せるに違いない。彼自身の目指す、人を守れる道というものを。

数か月間共に暮らしたことで、巴はそのことをはっきりと確信していた。

緋村には、己が決めた道を、まっすぐに歩んでほしい。

彼の剣によって散っていった人々にとっても、未来を生きる人々にとっても、それがもっとも望ましいことだと思うのだ。

そのためには必要なのは、清算だった。

巴がついた嘘の、清算。

ふと巴が雨戸から外を見やれば、あたり一面に雪が降り積もっていた。昨夜から降っていた雪が、今朝方まで続いていたのだろう。今はもう降り止んではいるものの、表は踝《くるぶし》まで埋まりそうなほどの銀世界と化している。

巴は小さく頷き、机の上の日記帳を閉じた。

着物を整え、小瓶《こびん》の白梅香を振りかける。

持ち出すものは護身用の小刀と、幼い頃に縁と遊んだ、思い出の小さな風車だけ。きっと、自分はもうこの家に帰ってくることはないだろう。

すぐ脇で寝息を立てている緋村に目を落とし、巴は心の中で、別れの言葉を告げた。

四

言い知れぬ寒さを感じ、緋村《ひむら》は目を覚ました。

床《とこ》から起き上がり、首を傾《かし》げる。

巴《ともえ》の姿が見当たらない。最初はまた書き物をしているのかとも思ったが、机の前にも彼女の姿はなかった。

三和土《たたき》を見れば、外出用の履物《はきもの》がない。どうやら彼女はこの積もった雪の中を、どこかに出かけていったらしい。

外に出て周囲を見回していると、見知った髭面《ひげづら》が緋村の方へと近づいてくるのが見えた。

「飯塚《いいづか》さん……？」

なにやら飯塚は息せき切った様子で、雪を踏みしめ走ってくる。彼は緋村に近づくと、珍しく深刻な表情でこう告げた。

「内通者が割れたぞ。巴じゃ」

予想外の言葉に、緋村は「えっ？」と耳を疑った。

しかし飯塚には、冗談をいっているような様子はない。

「証拠がある。日記を見てみい」

なぜ飯塚が、巴の日記のことを知っているのだろうか。気にはなったが、それよりも巴が内通者だという情報の真偽が気になる。

緋村は息を呑《の》み、部屋の中にとって返した。彼女が大事にしている日記は、机の中の引き出しにあったはずだ。

日記を取り出し、ぱらぱらとめくる。白地の帳面には、巴が日々記している几帳面《きちょうめん》な文字が並んでいた。

ちょうど、ある日の一文に目が留まる。

――四月五日。清里《きよさと》殿は祝言《しゅうげん》の前に動乱の京で帰らぬ人となりました。

四月五日。それは緋村が、四条通《しじょうどおり》で京都所司代《しょしだい》を斬った日のことだ。

思い出すのはあの日、執念の抵抗を見せた若い男の顔である。あの男は致命傷を受けているにもかかわらず、「死にたくない、死にたくない」と、凄《すさ》まじい気迫で何度も立ち上がってきた。あの男の最期の顔は、今でも緋村の脳裏《のうり》にこびりついて消えていない。左頬に刻まれた、一筋の刀傷同様に。

「お前の頬に傷をつけた男……巴はあの男の女房になるはずだった女じゃ」

飯塚の呟《つぶや》きに、まさか、と思う。

――私、決まっていたんです、嫁《とつ》ぎ先が。

――相手は同じ御家人の家の次男で、幼馴染《おさななじみ》でした。

巴の許嫁《いいなずけ》が命を落としたことは知っている。昨夜聞いたばかりだ。しかしそれが、自分が手に掛けた相手だったなんて――。

日記を読み進めるたび、どくん、どくんと心の臓が跳ねる。

巴が緋村に近づいたのは、復讐《ふくしゅう》のためだった。

彼女の日記を読む限り、飯塚の情報を否定することはできない。

※

巴が緋村の家を出て向かったのは、幕府方の隠密《おんみつ》組織、闇乃武《やみのぶ》の拠点である。

通称「結界の森」と呼ばれる深い森だ。闇乃武の連中は、その森の中に佇《たたず》む、古い寺院を根城にしている。

——お前の恨《うら》みを晴らしたいのであれば、抜刀斎《ばっとうさい》の懐《ふところ》に入りこみ、奴のすべてを把握《はあく》しろ。そこから奴の弱みを引き出すのだ。

それが数か月前、巴が闇乃武から受けた指令だった。

許嫁を失い、失意の底に陥《おちい》っていた巴は、生きる意味を見失っていた。だからこそ「愛する者の仇《かたき》を討《う》て」という闇乃武の言葉を、疑問すら持たずに受け入れてしまった。

今思えば、浅はかだったと思う。

緋村《あのひと》は確かに、巴から愛する者を奪った。しかし、彼とて好きで殺したわけではない。人々を幸せにするために、やむなく敵の命を奪わざるを得なかっただけなのだ。

今の巴は知っている。緋村の優しさを。その笑顔を。心の温かさを。

もしも——死んだ清里が緋村の人となりを知っていれば、仇討ちなど望まないはずである。生きて償う道を歩むべきだと、そういうに違いない。

自分は間違えていた。その間違いのせいで、緋村のみならず、実の弟、縁《えにし》までも危険に晒《さら》すことになってしまっている。

間違いは正さねばならない。

たとえ、この命に代えても。

寺院の広間に入るなり、巴はまっすぐに闇乃武の首魁《しゅかい》——辰巳《たつみ》の元へと向かった。

その厳《いか》めしい白髭を見つめ、巴は開口一番に尋ねる。

「……どうして、縁を巻き込んだのですか？」

「こちらから巻き込んだわけではない」辰巳が不機嫌そうに答えた。「京でお前の事を聞き回っている坊主《ぼうず》を、幕府の者がここへ連れてきただけだ」

辰巳は古い仏像に囲まれ、ひとり煙管《きせる》をふかしている。

巴は周囲を見回し、ふと違和感を覚えた。普段であれば、この広間には誰かしら辰巳の配下が詰めていたはずだ。それが今日は、ひとりもいない。

「他の人たちは？」

「山に配置済みだ」

辰巳が鼻を鳴らした。つまり闇乃武はすでに、緋村との闘いの準備を終えているということになる。

いくらなんでも早すぎる——。巴は眉《まゆ》を顰《ひそ》めた。自分がここに来たのは、彼らに嘘の情報を流すためである。緋村の弱点について虚偽を伝えることで、闇乃武を攪乱《かくらん》しようとしていたのだ。

なのに、すでに戦闘準備が終わっているというのは予想外だった。これでは、巴の計画は御破算《ごはさん》である。

「……私の報告を聞かずに？」

「報告？　ああ、抜刀斎の弱みだったな。もうよいのだ」

巴は「えっ」と耳を疑った。人斬り抜刀斎を消すことこそ、闇乃武の——佐幕《さばく》派全体の悲願だったはずだ。それが「もうよい」とはどういうことなのか。

辰巳は察しの悪い巴をあしらうように、ふっと鼻で笑った。

「ありもしない弱みに期待するより、こちらで弱みを作ってしまった方が確実というもの」

巴は、はっと目を見開いた。

弱みを作る——辰巳の言葉の意味に、すぐに思い至ったからだ。

「どれほど冷酷《れいこく》な人斬りといえど、情の通わぬ男はおらん」

蜥蜴《とかげ》のように冷たい辰巳の目が、巴を見下ろした。

「好いた女が間者《かんじゃ》だと知り、心が千々《ちぢ》に乱れた状態では、抜刀斎《やつ》本来の力を発揮することはできん」

「最初からそのつもりで……私を」

「喜ぶがいい。これでお前の復讐は完結し、晴れて自由の身だ」

辰巳が、くっくっくと含み笑いを浮かべる。

緋村は今頃、辰巳の手の者から巴の正体を聞かされているのだろうか。誰よりも繊細で優しいあの人が、心に深い傷を負うのは目に見えている。

なんてこと――と、思う。

闇乃武の奸計《かんけい》から緋村を救うはずだったのに、なにもできなかった。それどころか今や巴の存在が、緋村にとっての足枷《あしかせ》となってしまっている。

巴は、強く唇を嚙《か》みしめた。

※

矢のように吹きすさぶ吹雪《ふぶき》が、緋村の全身に突き刺さる。

森の奥へと歩くほど視界は白に染まり、凍える空気が意識を刈り取ろうとその鎌を振り回している。

――私、決まっていたんです、嫁ぎ先が。

――死にたくない、死にたくない……！

最愛の人の悲痛な声が、そして己が手で斬り殺した者の怨嗟《えんさ》の叫びが、脳裏をよぎる。

幾度も幾度も、緋村の心をかき乱していく。

しかし、今はもう迷っている暇などない。

緋村は心中に響く声を振り払うように、雪道に歩を進めた。

先ほど、飯塚にこう告げられたのだ。

「向こうのお堂に仲間がおる、闇乃武の連中じゃ。巴はたぶんそこにおる……始末しろ、これは命令じゃ」

始末――たとえそれが桂《かつら》の命令だろうと、緋村に聞く気は毛頭無かった。

誓ったのだ。巴が失った幸せを、今度こそ守り抜いてみせる――と。

彼女が敵の間者だろうが、どれだけ緋村を恨んでいようが、そんなことはどうでもいい。

彼女の命は、この手で必ず守る。

今はただ、巴のもとへ。

黙々と歩くことだけが、己の正気を保つ楔《くさび》となっていた。

巴はそっと、己の懐に手を差し入れた。そこには持ち出してきた小刀が入っている。緋村を守るためには、もはやこれを使う他はない。彼のために、差し違えてでも敵の数を減らすしかないのだ。

※

「あの人は殺させない！」

小刀を抜き放ち、巴は辰巳に斬りかかった。

しかし、敵は幕府きっての隠密組織の首領である。巴のような非力な女が、腕っ節《ぷし》でなんとか出来るはずもなかった。

巴の刃が敵の胸に届く直前に、辰巳の振るった豪腕が巴の頬を打った。巴はなすすべもなく倒され、床の上にしたたかに身体《からだ》を打ちつけてしまう。

「浅はかな小娘が、情に絆《ほだ》されよって！」

辰巳は小刀を拾い上げ、潰した羽虫を見るような目で巴を見下ろした。

口の中に広がる苦い血の味。巴には、辰巳を睨《にら》み返す他、どうすることもできなかった。

残された選択肢《し》は、死のみ。

人質として緋村の弱みになるくらいなら、自分でこの命を絶った方がはるかにマシだ。

巴はすぐさま舌を嚙み切ろうとしたのだが、辰巳は巴のそんな行動すら予想の範疇《はんちゅう》だったらしい。辰巳は巴の首をつかみ上げ、強引に締めた。これでは、死ぬことすらできない。

ごめんなさい——巴はひとり、心の中で呟《つぶや》いた。その謝罪が、届けたい相手には決して届かぬことを知りながら。

辰巳の冷たい目が、「よいか」と巴を射竦《いすく》める。

「憎しみも慈《いつく》しみも元をたどれば表裏一体、それが人の業《ごう》というものだ」

※

雪に染まった森の中を歩きながら、緋村は違和感を覚えていた。

なにかがおかしい。

しんしんと降る雪の音や、肌を刺す冷たさ、冬の森独特の澄んだ匂《にお》いなど——普段ならば五感を通じて鮮明に感じられるはずの空気が、妙に遠くに感じられてしまう。視界ははっきりとしているのに、まるで濃い霧の中を彷徨《さまよ》っているかのような——そんな不明瞭な感覚なのだ。

飯塚に告げられた事実のせいで、平静さを失っているせいだろうか。一瞬そんな考えが頭を掠《かす》めたものの、緋村はすぐに首を振った。

確かに心理的な混乱も一因ではある。だが、原因はそれだけではない。

おかしいのは、この場所だ。

この森では、なにかが欠けている。感覚が違う――。

と、そのときだ。

背中に、ずきりと鋭い痛みが走る。

矢だ。見れば肩甲骨《けんこうこつ》の付近に、鉄製の矢が突き刺さっている。

いつから敵に狙われていたのか。まるで気がつかなかった。

緋村は身を翻《ひるがえ》すと同時に、とっさに腰の刀を抜いた。

雪の中に目を凝《こ》らせば、五間《けん》ほど前方の草むらの中に、弓を手にした男の姿がある。

黒装束《くろしょうぞく》の忍《しのび》――。数か月前、京の夜道で襲撃してきた男の仲間に違いない。

忍はすぐさま、緋村に向けて弓を引き絞《しぼ》る。

緋村は飛んでくる二の矢、三の矢を打ち払い、地面を蹴《け》った。飛ぶように敵との間合いを詰め、その勢いで袈裟《けさ》に斬りつける。

肩を斬られた忍は、「ぐわっ!」と呻《うめ》き、よろめいた。

だが、傷は浅かったようだ。接近戦では緋村に敵《かな》わないと悟ったのか、忍はすぐに背を向け、傷口を押さえながら雪道を駆けだしていく。

やはり変だ――。緋村は息を呑《の》む。

勘と経験からすれば、今の一撃で確実に敵の息の根を止めていたはずだ。しかし実際には仕留めることができなかった。それはつまり、緋村の勘や経験が役に立たなくなっていることを意味する。

以前、剣の師匠《ししょう》から聞かされた話を思い出す。

富士の樹海《じゅかい》をはじめ、この国には特殊な磁場《じば》を持つ森が存在するのだという。そうした場所では第六感が働かないため、飛天御剣流《ひてんみつるぎりゅう》のように「先読み」で敵の先を取る戦い方は非常に不利になるのだ――と。

対して敵は間違いなく、この場所での闘いに慣れている。地の利を完全に敵に取られた状態で戦闘を続けるのは、剣客としては愚《ぐ》の骨頂《こっちょう》だろう。

しかし――だからどうした、と緋村は思う。

今の自分に大事なのは、巴のもとに行くことのみ。それを阻《はば》むものがなんであろうと関係ない。斬り捨て、乗り越えていくだけである。

緋村は逃げた忍を追い、雪道を駆ける。

敵は森の中に、様々な罠《わな》を仕掛けていたようだ。落とし穴に竹槍、木々の間には縄が張り巡らされ、触れると巨大な丸太が落下する仕組みになっていた。

直感を封じられている緋村には、それらの罠をすべて避けきることは出来なかった。竹槍に脇腹を抉《えぐ》られ、落下してきた丸太の衝撃で左脚が使えなくなっている。痛みに全身が悲鳴を上げ、寒さに意識が遠のいてくるのを感じていた。

それでも緋村がかろうじて致命傷を避けられているのは、執念のなせる業《わざ》だろう。ここで倒れるわけにはいかないのだ。

巴のために。

彼女への誓いを守るために、緋村は走った。

罠を躱《かわ》し、矢を躱し、次第に敵との距離を縮める。

敵の忍は、肩を押さえながらよろよろと岩場の洞窟《どうくつ》へと逃げこんだ。

緋村もすぐに中へと飛びこむ。洞窟は八畳《じょう》ほどの空間が広がるのみで、他に逃げ場はないようだ。

そもそも、敵も深手を負っているのだ。ついに観念したのだろうか。敵は転がるように地面に倒れこみ、緋村を見上げた。

「もとより自ら倒せないのであれば、お前を次の仲間へと導くのが俺の役目……」

追い詰められているはずなのに、忍の顔に動揺《どうよう》や恐怖の色はない。口の端を吊り上げ、不遜《ふそん》な笑みを浮かべている。

見れば忍のすぐそばには、岩に隠れるようにして木製の樽《たる》が置かれていた。樽から伸びているのは、油にまみれた細い紐。導火線だ。

あの樽は、爆薬――！

緋村がそれに気づいたのとほぼ同時に、忍は手の中で金具を弾き、火を熾《お》こしていた。

「あとは、死してこの身を結界となすだけよ」

次の瞬間、樽が弾けた。

耳をつんざくような轟音《ごうおん》と共に、緋村の視界は強烈な閃光《せんこう》に包まれる。

※

外の森で激しい爆音が鳴り響き、巴は眉《まゆ》を顰《ひそ》めた。

爆弾か砲撃か、大量の火薬が弾け飛んだのだろう。地鳴りのような震動が、廃寺全体を震わせている。

「あやつの無事が気になるか？」

辰巳は、つかんでいた巴の身体を軽々と片手で放り投げた。巴は受け身も取れないまま、床に背中を強く打ち付けてしまう。

口元の血を拭《ぬぐ》い、辰巳を睨む。

やはり自分は、どう足掻《あが》いても緋村の足手まといにしかならないのだろうか。自ら命を絶つことすらできないなど、情けないにもほどがある。

「だが、事の始まりを忘れたわけではあるまい」

辰巳が巴を見下ろし、ゆっくりと口を開く。

「清里やらにとって、お前はかけがえのない存在であったはず。でなければ、腕に自信もないのに、動乱の京に来はすまい。自分の命を懸《か》けてもお前を幸せにしたかったのであろう」

清里の名を出され、巴はぴくりと肩を震わせた。

この卑劣《ひれつ》な男に、彼のことを語られるのは気に入らない。しかし、その内容はあながち間違っているというわけでもなかった。

確かに清里は、巴のためにあえて危険を選んだ。つまり彼の命は、巴が奪ったも同然。旅立つ前に清里を止めていればと、何度思ったことか。

そんな巴の後悔《こうかい》を見透していているかのように、辰巳は滔々《とうとう》と続けた。

「女を幸せにするためには、家を、村を、そしてこの徳川《とくがわ》の世を保持せねばならぬ。世の平安なくして、徳川無くして、個々の幸せなど存在せぬ」

辰巳は、「ならばこそ」と語気を強めた。

「この徳川の世に害なすものあらば、たとえどんなに小さな芽であっても、あらゆる手を講じてその芽を摘《つ》まねばならぬ！　その用心深さこそ、徳川三百年の太平の理由……！」

巴は息を整え、辰巳を見上げる。

この男の所作《しよさ》にはまるで隙《すき》は無い。巴が今ひとたび自害を図ろうとしても、確実に阻止されてしまうだろう。自身の言葉通り、ひとたび徳川の敵と見定めた相手に対しては、油断は微塵《みじん》もないということか。

「我らこそが守り、支えているのだ！　人々の幸せを……命がけでな！」

辰巳は「わかるか？」と巴の顔を覗《のぞ》きこんだ。

「それこそが武士というものの業、我らはみな業深き生き物なのだ」

幸せのために戦い、幸せのために死ぬ。

命を落とすことすら厭《いと》わず、修羅《しゆら》の如く理想に殉《じゆん》ずるその生き様は、確かに業と呼ぶべきものだ。

清里も緋村も、辰巳も——討幕《とうばく》派も佐幕《さばく》派も、それぞれの掲げる幸せのために戦っている。命を落とすことすら顧《かえり》みずに、必死に剣を振るっている。

巴は小さく拳を握りしめた。それでは、自分はどうすべきなのか。

業に囚われた男たちを止める。そのためには、己もまた命を懸ける必要があるのかもしれない。

※

舞い上がる雪煙の中で、緋村はゆっくりと上体を起こした。

まさかあの忍が、自爆覚悟の相打ちを狙ってくるとは予想外だった。

経験上、死すら厭わぬ敵を相手にするのは、非常に厄介《やっかい》だ。己を捨てた人間の行動には先読みが通じない。どうしても一歩反応が遅れてしまう。

緋村は爆発の瞬間、とっさに後ろに跳び、洞窟から脱出した。それで間一髪《かんいっぱつ》、致命傷を免れることが出来たのだが、それでも無傷とはほど遠い状態である。

——耳が……やられたか。

先ほどからずっと、キイン、という耳鳴りが止まない。爆発の大音響により、聴覚が破壊されてしまったに違いない。

轟々と燃えさかる炎の音。しんしんと降り続く雪の音。

それらの音が完全に聞こえなくなったわけではないのだが、その音量と方向を識別できない。これでは、音を頼りに戦うことは不可能だ。

死してこの身を結界となす――さきほどの忍が、死に際に残した言葉を反芻《はんすう》する。なるほど確かにその通りだ。あの忍の狙いは、直感を封じられた緋村から、さらに聴覚までも奪うことだった。

捨て身の行動で緋村を弱らせ、他の仲間が仕留める。それはすでに、敵の計画の内だったようだ。

身の丈六尺の大男が、緋村の前方に現れた。

手にしているのは巨大な斧《おの》だ。ひと薙《な》ぎで巨木を切り倒せるような斧を、大男は片手で軽々と振り回してみせた。

「――――！」

大男が咆哮《ほうこう》を上げたが、緋村にはよく聞き取れない。大男はそのまま、斧を振り上げてまっすぐに向かってくる。

緋村は刀を握り、身構えた。敵がこの目で見えているのならば、聴覚や直感に頼るまでもない。視覚だけで対処出来る。

緋村は大男が振り下ろした斧の柄を、刀の腹で受け止めた。斧の一撃は脅威《きょうい》だが、大振りなぶん、動きを読むのは容易《たやす》い。

もう一度間合いを離して、まずは体勢を立て直す——。緋村が受け止めた斧を弾き飛ばそうと、刀を握る手に力をこめる。

しかしそのとき、信じられないことが起こった。

緋村の肩から、大量の鮮血が飛び散る。

走る激痛。緋村は「ぐううっ!」と呻《うめ》いた。

見れば、肩に食いこんでいるのは鉄製の鉤爪《かぎづめ》だ。

鉤爪は、斧を持った大男の胸から飛び出ている。大男の背後に目を向ければ、細身の忍の姿があった。この新たな敵が、味方の身体《からだ》を隠れ蓑《みの》にして緋村を狙ったのだ。

味方に胸を抉《えぐ》られた大男は、ごぼりと血塊《けっかい》を吐き出している。

なんという残虐《ざんぎゃく》な連中だろうか。まさか、こんな手で仕掛けてくるとは思わなかった。

緋村はとっさに鉤爪を振り払い、敵から距離を取る。

もっとも、連中も追撃の機会を逃すつもりはないのだろう。大男は致命傷を負いながらも、再び気勢を上げて突進を仕掛けてくる。それと同時に、鉤爪使いの忍も地を蹴《け》り、緋村に飛びかかってきた。

正面からは大斧。頭上からは鉤爪。

心身共に十全とはいえないこの状況で、ふたりの手練《てだ》れを同時に相手にしなければならないというのは相当の難題だった。

だが——と緋村は思う。同時にかかってくるなら、むしろ手間が省《はぶ》ける。ふたりまとめて斬り伏せるだけだ。

緋村は迷わず、大男に向かって走った。頭上の鉤爪に背を裂かれても、その勢いは止まらない。斧の大振りをかいくぐって大男の足元に飛びこみ、その両臑《りょうすね》を一太刀《ひとたち》で切り裂いた。

両足を斬り飛ばされた大男は、なすすべもなくうつ伏せに倒れた。その形相《ぎょうそう》は、激しく痛苦に歪んでいる。

大男があっさりと斬られたことで、鉤爪使いが一瞬の動揺《どうよう》を見せる。

その隙を見逃す緋村ではなかった。大男を斬った勢いで身体を半回転させ、鉤爪使いに向き直る。そしてそのまま、その顔面を刀で斬り裂いた。

飛び散る鮮血が、周囲の雪を朱に染める。

「はあ、はあ……」

緋村は大きく肩を揺らしながら、息を整える。

鉤爪使いは地に伏し、痛みに悶《もだ》えていた。さきほどの顔面への一撃により、口が耳のあたりまで大きく裂けてしまったようだ。

「――――!」

鉤爪使いが悲鳴混じりに何事かを叫んでいたが、緋村にはろくに聞き取ることはできなかった。もっとも、聞こえたところで手心を加えるつもりなど毛頭なかったのだが。

今は一刻も早く、巴の元へ。

緋村は鉤爪使いに背を向け、歩き出した。

と、そのとき、倒れていた大男が地面を這《は》い回りながら、なにか細工をしているのが目に入った。

まさか――と緋村は息を呑《の》む。大男が細工をしていたのは、雪の中に隠されていた導火線つきの木樽《きだる》だった。さきほど、緋村の聴覚を奪ったものと同様の代物《しろもの》である。

大男は火がついた導火線を握りながら、にいっと唇を歪めた。

「抜刀斎っ！　忘れものだあああっ！」

辺り一面に激しい閃光《せんこう》が走った。

緋村は反射的に身を屈めたのだが、熱や爆風は感じない。炎をまき散らす類《たぐい》の爆発ではなかったようだ。

しかしその代わりに、緋村の身体に更なる異変が起こっていた。両の目に、激痛が走ったのだ。

「これは……！」

視界がぼやけ、なにも見えない。どれだけ目を見開いても、霞《かすみ》がかったような白い景色しか映らなくなってしまっていた。

爆発物に含まれていたのは、火薬だけではないようだ。おそらくは粉山椒《こさんしょう》やヒハツ——涙効果、目潰し効果をもたらす成分が大量に含まれていたに違いない。

これもまた、結界ということか。緋村は舌打ちする。

これで、直感、聴覚に加えて視覚まで奪われてしまったことになる。

回復に時間をかけている余裕はない。時間をかければかけるほど、巴を守れる保証はなくなってしまう。

緋村は立ち上がり、刀の柄を握りしめた。

立ち並ぶ木々に手をかけながら、歩を進める。敵の拠点までの距離は、もうそれほど遠くはないはずだ。

彼女との間の絆《きずな》の糸を辿《たど》るように、緋村は雪道を急いだ。

※

廃寺の外から、二度目の爆発音が響いた。

掌《てのひら》に拳闘用の包帯を巻きながら、辰巳は「ふん」と鼻を鳴らす。

「角田《すみた》、無名異《むみようい》もか」

斧使いの角田も、鉤爪使いの八ツ目《やつめ》無名異も、抜刀斎には及ばなかったらしい。

よもや抜刀斎が、この〝結界の森〟であの手練れふたりを破ってみせるとは思わなかった。あの男の強さは噂《うわさ》以上だったということだ。

相手にとって不足はない。仲間が敗れた以上、あとは自身で引導を渡すのみである。

辰巳は勢いよく、外へと通じる扉を開け放った。

「この世を守るため、徳川の世を守るため、奴はこの俺が仕留める！　それこそが、幕府のために散っていった多くの部下たちの死を無駄にしない唯一の道……！」

地に伏せた女——巴を見やる。

巴は自分の無力さを噛《か》みしめているのか、じっと床を見つめていた。

愚かだ、と辰巳は思う。情に絆《ほだ》され、己の仇《かたき》を守ろうとする無知蒙昧《むちもうまい》な女。こともあろうに、仇討ちの機会を与えた恩人に牙まで剝《む》いた。

始末するのはいつでも出来る。だが、こういう愚劣《ぐれつ》な輩《やから》には、死ぬ前に世の道理を知らしめてやるべきだろう。

世の道理。それはつまり、正義のあり方だ。

民衆にとっての憎むべき悪――人斬り抜刀斎が断罪される様を、この女に見せつけてやらねばならない。

「……お前はそこで、それを見届けるがいい」

辰巳は刀を手に、廃寺の外へと出た。

ちらちらと白い雪が舞う中、森の向こうに煙が上がっているのが見える。部下たちの死闘の名残《なごり》だ。

結界はすべて発動した。抜刀斎は今や、闘いに必要な感覚のほとんどを失っているはずである。

さて、奴がここにたどり着くまでにどれほどの時間がかかるか――辰巳がほくそ笑んでいると、ざくり、ざくりと雪を踏みしめる音が聞こえてきた。

森の奥に目を向ければ、寺を目指してやってくる人影が見える。

短身痩軀《たんしんそうく》に長い髪。間違いない、人斬り抜刀斎だ。

しかし、聞き及んでいたほどの覇気《はき》はない。身体のあちこちに重傷を負っているのだろう。全身は赤黒い血にまみれ、顔色は青白い。視覚も聴覚も失っているせいで、刀を杖《つえ》代わりに、老人のような足取りで歩を進めるのが精いっぱいのようだ。

なるほど――。満身創痍《まんしんそうい》の抜刀斎を確認し、辰巳は思う。闇乃武の精鋭たちがなぜ悉《ことごと》く破れたのか、これで合点《がてん》がいった。

そもそも抜刀斎という男は、任務遂行《すいこう》のみを目的とし、常に怜悧冷徹《れいりれいてつ》に剣を振るう。そういう人物だと聞いていた。

だが今、目の前にいる傷だらけの男は、ひとりの女のために剣を振るっている。後先を考えずに、激情に任せて。

この男は姿形こそ抜刀斎だが、質においてはもはや全《まった》くの別物なのだ。部下たちはそこを読み違えた。従前の抜刀斎を相手にしていると考えていては、勝てぬのも道理だろう。

しかし――理屈がわかれば、目の前の男など敵ではない。

今のこの男は、ただの獣だ。愛する女を救うことに執着するあまり、冷静さを欠いた猛獣である。勢いこそあれ、防御《まもり》を捨てればその身は傷つくばかりだ。現にこの男は、既に戦闘不能一歩手前の状態にまで陥《おちい》っている。

辰巳はほくそ笑みながら、緋村に近づいた。

「聞こえるか、抜刀斎。見えるか、俺の姿が」

抜刀斎がわずかに顔を上げるも、その視線は明後日《あさって》の方向に向けられている。辰巳の気配を大まかには感じているようだが、正確な位置を捉えることはできていないようだ。

辰巳は刀を振り上げ、抜刀斎に斬りかかる。

振り下ろした刃はいとも容易《たやす》く抜刀斎の肩を斬った。抜刀斎が痛みに顔を歪め、「ぐうっ」と大きくよろめいた。

抜刀斎は剣を構え、反撃のそぶりを見せる。しかし、その剣はまるで見当違いの方向に振り下ろされていた。結界に感覚を奪われたこの男には、戦うことなど不可能だ。

情けないものだ、と辰巳は思う。もはや目の前の男は、立っているのもやっとという有様である。討幕《とうばく》派最強の刺客《しかく》が聞いて呆《あき》れる。己が本分を忘れ情愛に溺《おぼ》れた男など、所詮《しょせん》この程度ということか。

辰巳は、抜刀斎の胸倉をつかみあげる。

「どうだ抜刀斎、惚《ほ》れたと思った女が、自らを殺すために近付いてきたと知った気分は」

抜刀斎は答えず、握った剣を振り回した。

深手を負っている割には鋭い剣だ。だが、当たらなければなんの意味もない。

辰巳は易々と剣を躱《かわ》し、抜刀斎の顔に裏拳を見舞った。

ごきり、と頬骨《ほおぼね》が砕ける音。抜刀斎は大きく体勢を崩したが、そこで辰巳の攻撃は終わらない。倒れようとする抜刀斎の首根っこをつかみ上げ、そのまま締め上げた。

「ぐ……うっ……！」

抜刀斎の口から、か細い息が漏《も》れる。必死に辰巳の腕を振り払おうと藻掻《もが》くも、もはやその力さえ残っていないようだ。

呆気《あっけ》ないものだ——と、辰巳は鼻を鳴らした。このままあと少し力をこめてやれば、抜刀斎の首の骨は小枝のように砕け散るだろう。

この男さえ消えれば、討幕派は瓦解《がかい》する。徳川三百年の栄華は、なおも続くことになる。

——死ね、抜刀斎。人々の幸福のために。

辰巳は、腕に力をこめた。

※

周囲に立ち並ぶ仏像たちが、巴をじっと見つめていた。

憤怒《ふんぬ》の目。

慈《いつく》しみの目。

そして、悲しみを湛《たた》えた目。

仏像たちの多様な表情は、巴にはまるで己自身のものであるかのように思えた。

復讐《ふくしゅう》に囚われていた自分。緋村の人となりを知り、愛するようになった自分。そして、彼を失うことへの悲しみに打ちひしがれている自分。

迷いに迷いを重ねたことは、自分でもわかっている。その結果、取り返しのつかない過ちを犯してしまったということも。

巴はなんとか上体を起こし、這《は》うようにして廃寺の外を目指した。扉の隙間《すきま》からは、争う音が聞こえてくる。

緋村《あのひと》が、辰巳と相対していた。

全身が血にまみれ、一方的に辰巳に嬲《なぶ》られている。武芸の心得を知らぬ巴の目にも、どちらが優勢なのかは明らかにわかる。

しかしそれでもなお、緋村《あのひと》は諦めてはいなかった。辰巳の太い腕に首を絞《し》められても、そこから脱しようと懸命に足掻いている。

巴の命を救うために。

こんな裏切り者の女を救うために、緋村《あのひと》は命を懸けてくれているのだ。

不意に、目の奥が熱くなる。視界が滲《にじ》んでくる。

二度と、愛した人を死なせたくはない。死なせるわけにはいかない。

巴は唇を引き結び、扉の外に踏み出した。

※

――このままでは、首を折られる。

緋村は咄嗟《とっさ》に刀を持ち替え、まっすぐに敵の胴体へと突き出した。

視覚聴覚を封じられようとも、組み打ちならばまだ勝機はある。刺突《つき》で敵の腹を抉《えぐ》れば、それで形成は逆転するはずだ――緋村はそう考えたのだが、それは甘かった。

緋村が反撃に転じることは、敵はすでに予想済みだったのだろう。刺突を放った瞬間、緋村の身体《からだ》は大きく突きとばされてしまった。

結果、起死回生の刺突は敵の衣服を擦ったのみ。緋村の身体は無様に雪原に転がることとなった。

すぐに体勢を立て直そうとした緋村だったが、今度は背中に激しい衝撃を受け、前のめりに倒れる。起き上がって背後に向けて剣を振るも、空《むな》しく空を切るだけだった。

さらに緋村は続けざま、腕や足に斬撃《ざんげき》を食らってしまう。こちらの剣はやはり届かない。

どうやら敵は付かず離れずの位置から攻撃を繰り返し、緋村の体力を削《けず》る戦法に切り替えたようだ。

緋村は歯がみする。卑劣《ひれつ》だが、確かに効果的な作戦である。時間が経てば経つほど、緋村の旗色は悪くなってしまう。

なにしろ、大量の失血と極寒気温の相乗効果により、緋村の感覚は徐々に麻痺《まひ》状態に陥っている。敵は、緋村からさらに触覚をも奪い去ることで、完全なる勝利を目論《もくろ》んでいるのだろう。

「お前にもう勝機はない」

脇腹に激しい痛みが走る。刀で貫かれたのだ。

緋村は血を吐き、その場に倒れた。

敵の声が、おぼろげに響いた。

「なぜ戦うのだ。誰のために。なんのために」

敵は前にいるのか、後ろにいるのか。それすらもわからない。

緋村は地べたを這いながら、必死で抵抗の術《すべ》を探っていた。

「刻一刻と近づく死か、一瞬の死か、せめてうぬ自身で選ぶがよい」

張り詰めた空気で、敵が刀を構え直したことがわかった。

経験で判断できる。次が最後の一撃だ。

既に勝機がないことは、緋村自身すでにわかっていた。自分は間違いなく、今日この場所で果てることになるだろう。

だが——敵を道連れにすることなら可能かもしれない。相打ち覚悟で肉薄すれば、こちらにも致命傷を与えられる機会が出来る。

緋村は膝に最後の力をこめて立ち上がり、刀を逆手に構える。

目の前の敵は、緋村と同様、影の世界に属する者——その首領である。このまま緋村が死ねば、配下の巴もまた用済みだと判断され、消されてしまうに違いない。

だとすれば、差し違えてでもこの男を殺す必要がある。

たとえここで自分が死んでも、巴が生き延びられるならそれでいい。誓いを果たすには、他に方法がないのだから。

すまない——と、緋村は心の中で詫《わ》びた。

巴。君は新時代で生きて、そして幸せを——。

緋村は最後の力を振り絞《しぼ》り、地を蹴《け》った。

「——おおおおおっ！」

防御は捨て、大上段に刀を振りかぶる。

緋村が選んだのは、一瞬の死。敵がこちらを一撃で仕留めるつもりならば、がら空きになった胴を狙うに違いない。敵は間違いなく、真正面から来るはずだ。

この命はくれてやる。

その代わり、貴様の命も取らせてもらう——！

緋村は渾身《こんしん》の力で、刀を振り下ろした。

刃が肉に食いこむ感触。一瞬遅れて、生暖かい飛沫《しぶき》が緋村の頬を濡らす。

それは己の血ではなく、返り血。

温かい血の感触と共に、ふわり、と鼻孔《びこう》に優しい香りが漂った。

この香りを間違えるはずもない。白梅香《はくばいこう》——彼女が特に気に入っていた香油である。

いったい、なにが起こったのか。緋村は必死に目を凝《こ》らす。

ぼやけた視界の中には、見慣れた小袖《こそで》が翻《ひるがえ》っている。

巴だ。

巴は緋村に背を向け、懸命に敵が振るおうとした腕を押さえこんでいる。いつの間に闘いに飛びこんできたのか——彼女は緋村の命を救うために、敵の動きを止めていたのだ。

敵の身体ごと、自分も緋村に斬られることを厭《いと》わずに。

緋村の振るった剣は、巴の背を貫き、敵を仕留めていた。

敵は巴を見下ろし、ごぽりと血を吐いた。

「き……さま……」

それが最後の言葉となり、敵は仰向《あおむ》けに倒れる。

同時に、巴もふらりと体勢を崩した。音もなく、吸いこまれるように雪の上にその身を横たえる。

薄紫の着物は、みるみるうちに赤黒く染まっていた。

※

雪代縁《ゆきしろ》は、瞬きもせずに目の前の光景を見つめていた。

——姉さんが、斬られた。

縁がこの場所にたどり着いたのは、つい数十秒ほど前のことだった。

今日は、朝から辰巳の命により結界用の爆薬の調達に奔走《ほんそう》していたため、闘いの行方《ゆくえ》を見守ることができなかったのだ。姉がこの森を訪れていることすら、今まで気づいていなかった。

ようやく姉さんの復讐《ふくしゅう》が果たされる。姉さんに絶望を与えた抜刀斎に、天誅《てんちゅう》が下されるーー。そんな縁の期待は、見るも無残に裏切られた。

抜刀斎の振るった凶刃が、愛する姉の命を奪ったのだ。

心の臓が、どくん、どくん、と打ち震えているのを感じる。強く噛《か》んだ唇の端から、赤い血がこぼれた。

この感覚は「痛み」だ。生まれてこの方経験したこともないほどの強い激情が、痛みとなって縁の全身を駆け巡っている。

自分はきっと、この痛みを忘れることはないだろう。

否《いな》、絶対に忘れてはならない。

人斬り抜刀斎。姉の命を奪った憎むべき悪鬼の姿を、目に焼き付ける。

実直な御家人《ごけにん》だった父は、よく縁にこう言っていた。悪には罰が下る、と。正しい者たちのために、いつか必ず天誅が下されると。

しかし、現実は違った。

辰巳は死んだ。闇乃武も壊滅した。天は、あの人斬りを罰することはなかった。それどころか、さらなる凶行を許してしまっている。

父の教えは、間違いだったのだ。天誅になどーー他人の力になど、そもそも最初から期待するべきではなかった。

雪の中で動かなくなった姉の姿を最後に一瞥《いちべつ》し、縁は踵《きびす》を返した。そのまま振り返ることなく、全速力で森の中を駆けていく。

あの男への復讐は、己の手で成し遂《と》げる。

何年かかろうとも、何を犠牲《ぎせい》にしようとも、必ず。

※

緋村は巴に駆け寄り、赤く染まったその身体を抱き寄せた。

彼女の身体は、今や氷のように冷たくなりつつある。緋村の腕の中で、巴の命の灯火《ともしび》が燃え尽きようとしているのだ。

巴の黒い瞳が、じっと緋村を見上げる。彼女はなにかを囁《ささや》くように、小さく唇を動かしていた。

聴覚を奪われている緋村には、それを聞き取ることはできない。

ただ、その表情はとても穏やかなものだった。緋村を守ることが出来て良かったと、彼女は安堵《あんど》の表情を浮かべている。

緋村が見つめると、巴はこくりと頷《うなず》いてみせた。

彼女が手にしているのは、小さな小刀だ。力なく震える手で、その小刀を緋村の左頬に当てた。

そこにはかつて、緋村が巴の婚約者に負わされた刀傷が残っている。あの青年の執念――巴への深い愛が、今も消えずに残っているのだ。

巴の握る小刀の刃が、頬の刀傷と交差する。

ようやく緋村は、彼女が何を伝えたいのか理解できた。

感謝と謝罪、そして愛情――。巴もまた、あの青年と同じだ。大切な者への想いを、この小刀で刻みこもうとしている。

小刀を握る巴の手を、緋村が手のひらで覆《おお》う。自分もまた同じ気持ちなのだと、彼女へ伝えるために。

頬から血が流れ、ずきり、と痛みが走る。

しかし緋村を苛《さいな》むのは、頬の痛みでも、闘いで受けた痛みでもない。

巴を喪《うしな》うことの痛みだ。

人としての幸せを教えてくれた彼女が――緋村にとって生まれて初めて大切だと思えた女性が、この世から消えてしまう。その事実が、どうしようもなく、抗《あらが》いがたいほどに、緋村の胸を締め上げる。

目頭《めがしら》が熱くなり、雫《しずく》がこぼれる。こぼれた雫は頰を伝い、巴の指先を濡らした。

巴は申し訳なさそうに、眉根《まゆね》を寄せる。

――ごめんなさい、あなた。

微《かす》かに動いた唇は、そういっているように思えた。

「っ……！」

緋村が巴の肩を揺らすと、彼女は必死に口角を吊り上げようとする。

彼女は、笑おうとしてくれているのだ。

笑顔が苦手なはずなのに、必死に、最期の力を振り絞るようにして。

緋村は、すまない、と小さく告げる。

いくら後悔《こうかい》しても、いくら彼女に赦《ゆる》しを乞《こ》うても、もはや無意味だということはわかっている。

緋村に出来るのはただ、巴の身体を強く抱きしめることだった。

――私は、幸せでした。

巴はぎこちない笑顔を浮かべたまま、動かなくなった。

降り注ぐ白い雪の中で、緋村は慟哭《どうこく》する。

己の犯した罪を、魂に刻みこむように。

※

いつの間にか、夜が明けていた。

気づけば緋村はひとり、いつものように自宅で家事に励《はげ》んでいた。米をとぎ、部屋の掃除《そうじ》をし、薪《まき》を割る。昨日から降り続いていた雪は、庭の畑をすっかり覆い隠してしまっていた。

あの森からどうやって帰ってきたのか、自分でもよく覚えていない。現実感がないのだ。まるで、すべてが夢だったようにも思える。

闇乃武の忍《しのび》たちとの死闘など、ただの妄想。家の中には今も巴がいて、緋村のために夕《ゆう》餉《げ》の支度《したく》をしているのではないか。そんな風にすら思う。

しかし――と、緋村は頰の十字傷を撫《な》でる。全身を苛む痛みは、まぎれもなく現実のもの。

緋村は他でもないこの手で、愛する者の命を奪った。それは逃れようもない現実なのだ。

空には群青《ぐんじょう》がかった曇。今にも泣き出しそうなその雲の色に、緋村は不思議と親近感を覚えてしまう。

山で集めた木々を背負い、緋村が家に戻ると、軒下《のきした》には見知った人物が待っていた。桂だ。いつものように眉間《みけん》に深い皺《しわ》を寄せ、緋村に向かって口を開く。

「片貝が殺された。内通者は飯塚であった。既に追っ手を差し向けてある」

緋村は「そうでしたか」と短く応えた。

当の飯塚は、「巴が内通者だ」と緋村を闘いに誘い出した。つまり巴は最初から、そのために用意された駒《こま》だったということだろう。

飯塚の裏切り。

しかしそれを見抜けなかったのは、緋村の手落ちである。これまで幾度も、あの男と顔を合わせていたはずなのに。

自責の念にかられる緋村をよそに、桂は淡々と続ける。

「追っ手にした男はお前と同等に腕が立つ者だ。暗殺稼業《かぎよう》は今後、そいつを使うことにする」

緋村と同等に腕が立つ者――何者かは知らないが、気の毒だとは思う。人斬りの末路など、不幸以外にありえないからだ。緋村はそのことを、身を以《もっ》て理解している。

桂は「そしてお前のことだが」と、緋村を見据えた。

「緋村、今のお前には酷《こく》だと思うが、これからは、これまで以上に剣を振るって貰うことになる。幕府側の志士狩りは、日に日に激しさを増す一方だ。誰かが剣をもって抗《あらが》わねば、我らは全滅する」

桂が緋村に要求しているのは、遊撃剣士としての振る舞いだった。

人斬りのような影の立場ではなく、血風の最前線にて剣を振るい、仲間を守る。戦争の表舞台で戦えと、桂は言っているのだ。

緋村は桂に向けて、静かに頷いた。

「……ここで俺が剣を捨てれば、これまで俺が殺《あや》めた命全てが、本当の無に帰《き》してしまう」

巴が教えてくれたのは、世の人々が営《いとな》む小さな幸せだ。

自分には、それを守る力がある。

巴の死を無駄にしないためにも、歩みを止めるわけにはいかない。

「新しい時代がやってくるまで、俺は剣を振るい続けます」

緋村は空を見上げ、続けた。

「だが新時代が来たら、その時は――」

「剣を捨てる、か……」

「わかりません。ただもう、二度と人は殺めない。……もう二度と、決して」

緋村の決意に対し、桂は「そうか」と、神妙な表情で頷いた。

怜悧冷徹《れいりれいてつ》なこの男には珍しく、ひどく申し訳なさそうな表情で。


桂が帰路についた後、緋村はすぐに出立《しゅったつ》の支度を始めた。

脚絆《きゃはん》に手甲《てっこう》。それから着替えが数枚に止血用の晒《さらし》。夏頃にここに来たときとは違い、持ち出す荷物は少ない。男一人分の荷物など、たかが知れている。

雨戸から外を見れば、頃合いは既に夕暮れに差しかかっていた。今すぐにここを発《た》てば夜には京都市街に戻れるだろう。

準備は整った。あとは、別れを告げるだけ。

寝室の布団には、巴が横たわっていた。

彼女をここまで連れてきたのは、他でもない緋村自身である。あの冷たい森の中で彼女をひとり朽《く》ちさせるのは、忍びなかったからだ。

緋村は布団の脇に座り、巴の顔にじっと目を落とす。

死化粧《しにげしょう》を施《ほどこ》した彼女は、まるでただ静かに眠っているかのように見えた。

決して目覚めることのない、深い眠り。せめてその夢の中では幸せにいてほしいと、緋村は切に願う。

彼女の枕元に目を向ける。そこには、以前に目を通した彼女の日記が置かれていた。彼女の心情が、赤裸々《せきらら》に綴《つづ》られているものだ。

緋村はおもむろに日記を手に取り、めくる。

ふたりで暮らしたこの場所を離れる前に、もう一度、巴と向き合いたい。彼女が教えてくれた本当の幸せを、胸に残しておきたい——。そんな風に思ったのだ。

「四月五日。清里殿は祝言《しゅうげん》の前に動乱の京で帰らぬ人となりました。清里殿がいない世界が信じられない。幼なじみだったあなたとの日々が、昨日のように思い出される」

「四月十四日。真実を知らされる。わたしはどうすれば良いかわからない。身を委《ゆだ》ねる以外ないのでしょうか」

「雨が降り続いている。清里殿の無念を晴らしたい」

「私のあずかり知らぬところで彼は死に、私の幸せは消え去りました。目の前にあった幸せを、つなぎ止めることはできませんでした」

「あのとき、縋《すが》ってでも止めていれば。そう思えば思うほど、誰かを憎まないとどうかしてしまいそうで」

「あの人を殺す策略に身を委ねました。そんな女をあなたは……あなたは『守る』と」

「京を離れ、あの人と共に暮らすことになりました。いつからあの人がこんなに大切な人になってしまったのか。相変わらず慣れないようだけれど、愉《たの》しそうに野良仕事をしている。あの人の顔立ちが穏やかになっていくのを、嬉しく思う」

「一二月二六日。雨は雪になった。冬の到来を感じる」

「あの人はわたしの幸せを奪った人。殺したいほど憎んだ人。なのに、このままでは、あの人を本当に愛してしまう」

「あの人はこれから先も人を斬り…、けれど、その更に先、斬った数より大勢の人を必ず守る。ここで決して死なせてはならない。わたしが必ず、命に替えても守る」

そして日記は、昨日の日付で終わっていた。

闇乃武の元へと行く直前に書いていたのだろう。日記の最後に、走り書きのように一文が記されている。

「さよなら、わたしが愛した二人目のあなた」

緋村は日記を読みながら、自然と頬《ほお》の十字傷に手を触れていた。

彼女への深い愛が、そして彼女自身の愛が刻んだ傷。緋村がこの痛みを忘れぬ限り、巴は——巴が教えてくれたことは、生涯《しょうがい》消えることはないだろう。

緋村は日記を閉じ、大事に懐《ふところ》へとしまった。

「じゃあ、行ってくるよ。巴」

緋村は傍《かたわ》らに置いていた刀を腰に差し、ゆっくりと立ち上がった。

彼女に、そして彼女と共に暮らした家に別れを告げる。

永劫《えいごう》の別離。

その決別の合図は、炎だ。

緋村が軒先《のきさき》で熾《お》こした火は、冬の乾いた空気の中で瞬く間に燃え広がった。炎は戸口を焼き、柱を焼き、藁葺《わらぶ》き屋根を焼き、すべてを灰に変えていく。

だが、これでいい——緋村は燃える家に背を向け、ゆっくりと歩き出した。

大事なものは、すでに受け取っている。

それで十分、前に進めるのだから。

※

短身痩躯《たんしんそうく》に頬の十字傷。人斬り抜刀斎を恐れよ——。

緋村が遊撃剣士として表舞台に出て数年、「人斬り抜刀斎」の名は全国に知れ渡り、幕府方にとっての恐怖の代名詞となっていた。

度重《たびかさ》なる新撰組《しんせんぐみ》との戦闘に加え、会津《あいづ》勢との闘い。そして幕府による長州征伐《ちょうしゅうせいばつ》への抵抗。緋村はあらゆる戦場に赴《おもむ》き、めざましい戦果を上げていた。

そもそも、戦国の世に名を馳《は》せた飛天御剣流は、暗殺ではなく、一対多数の斬り合いにおいてこそ、その真価を発揮するもの。なにしろ戦場で傷ひとつ負わず、数百の敵を斬り伏せてしまうことすら可能だ。

緋村の戦場における存在感は、軍神さながらに圧倒的だった。その十字傷を見ただけで敗走してしまう兵もいるほどである。

緋村を軸にした長州藩は、今や勢いに乗っていた。

長らく険悪であった薩摩《さつま》藩とも同盟を結ぶことに成功し、ついに討幕《とうばく》への足がかりを得た。諸外国との交渉により、最新の武器弾薬も揃えている。

桂小五郎《こごろう》は、とかく時流を読むことに長《た》けた男だったということだろう。あの低迷の時期に緋村を表に出した戦略は、大成功を納めたのだ。

そして、慶応四年の一月。

京都郊外において、幕府軍と薩長軍による大規模な武力衝突が発生した。

後の世で「鳥羽伏見《とばふしみ》の戦い」と呼ばれる、天下分け目の戦《いくさ》である。

耳を劈《つんざ》かんばかりの砲撃音が、富ノ森《とみのもり》の木々を揺らす。

土煙と粉雪が舞う中、旧時代を守ろうとする者たちと、新時代を築こうとする者たちが、血で血を洗う激しい戦いを繰り広げていた。

「──ひ、人斬り抜刀斎だあっ！」

味方側から上がった悲鳴に、斎藤一《さいとうはじめ》は耳聡く反応した。

人斬り抜刀斎。これまで幾度も剣を交えてきたが、一度たりとて決着がつかなかった相手である。

あの男は今や京都においてだけではなく、幕府にとっての最大の障害となっている。非常に厄介《やっかい》な強敵――。近藤《こんどう》も土方《ひじかた》も、沖田《おきた》以下組長勢も、皆そういう認識でいる。

しかし斎藤にとって、抜刀斎はただの敵ではなかった。

あの男の剣には、あの男なりの正義がある。それは新撰組の掲げる正義とはまるで相容《あいい》れぬものだが、根底にあるものは同じはずだ。

それはすなわち、悪《あく》・即《そく》・斬《ざん》。

己の正義を貫くため、情け容赦《ようしゃ》なく敵を斬り捨てるあの男を、斎藤は内心高く評価していた。立場は違えど、自分たちと同種なのだと。

だからこそ、決着を付けねばならない。

どちらの正義が正しいのか、剣で語り合わねばならない。

「……新撰組三番隊組長、斎藤一、覚悟おおお！」

斎藤は向かってきた敵兵士を一刀のもとに斬り捨て、周囲をつぶさに見回した。

――どこだ、どこにいる。

探し人の姿は、すぐに見つかった。

戦場の最前線。まるで疾風の如き速度で幕府軍の兵を斬り倒している男の姿がある。

短身痩軀に頰の十字傷。あの男の顔を見間違えるはずもない。

斎藤は背負った誠印の旗を投げ捨て、抜刀斎の元へと向かう。

抜刀斎もまた、斎藤の接近に気づいたのだろう。血の付いた刀を構え、斎藤の方へと向き直る。

大多数の兵士が蠢《うごめ》く混戦の中、勝負を長引かせるつもりはない。斎藤は水平に構えた刀の刃に手のひらを添え、水平突きの姿勢を取る。

一撃必殺の左片手一本突き、牙突《がとつ》である。

対する抜刀斎も刀を剣に納め、抜刀術の構えを取った。

斎藤の牙が抜刀斎を貫くか、それとも、神速の抜刀術が斎藤の首を取るか。今まさに死闘が開始されようとしていたそのとき、敵陣の後方から歓声が上がった。

「勝ったぞおおおっ！　錦《にしき》の御旗《みはた》じゃあああっ――！」

予想だにしなかった声に、斎藤は思わず眉《まゆ》を顰《ひそ》めた。

抜刀斎も同様だった。抜刀術の構えを解き、訝《いぶか》しげに後方の自陣を見回している。

森の奥から現れたのは、朱色の旗を掲げた薩長軍の兵士たちだった。旗の中央に描かれているのは、黄金の菊——天皇家を示す菊の御紋である。

「これでお前らは賊軍《ぞくぐん》だああっ！」

旗持ちの兵士たちの歓喜の声に、斎藤は、「ちっ」と舌打ちする。

錦旗は、鎌倉《かまくら》の昔から天皇が官軍の大将に与えるものとされている。薩長軍があの旗を掲げているということは、朝廷は正式に薩長連中を新政府だと認めたということに他ならない。

「勝ったぞ！　我ら薩長軍の勝利だ！」

薩長軍の兵士たちは喜びに沸き、すでに勝ち鬨《どき》を上げていた。

一方、幕府軍——今となっては旧幕府軍なのだろうが——は、いずれもがっくりと肩を落としている。

斎藤は懐《ふところ》から煙草《たばこ》を取り出し、火をつける。

戦意の差は明確だった。このまま戦ったところで、自分たちに勝ち目はないだろう。戦いの趨勢《すうせい》は、完全に決した。

抜刀斎もまた、複雑な表情で御旗を見上げていた。

「来たか……新しい時代が……やっと……」

長州志士長年の悲願を果たしたというのに、抜刀斎の顔にはそれほどの喜びは見られなかった。安堵《あんど》なのか哀しみなのか、なんとも言えない表情を浮かべている。

抜刀斎はそのまま、斎藤に背を向けた。もうこれ以上戦う必要はない、とでも思っているのだろう。

斎藤は煮え切らないものを感じ、抜刀斎を呼び止める。

「――緋村抜刀斎！　これで終わりだと思うなよ！」

たとえ世の中が変わろうとも、剣に生き、剣に死ぬ。それ以外、自分たちに道はない。いずれ相見《あいまみ》え、戦う定めなのだ。

抜刀斎なら――自分たちと同種の正義を共有するあの男なら、それを十分に理解しているはずだろう。

しかし、抜刀斎はなにも応えなかった。

応える代わりに腰から刀を抜き放ち、それを地面に突き刺してみせる。

まるで人を斬ることを、強く拒《こば》むかのように。

「………」

斎藤は仇敵《きゅうてき》の背を見送り、ふう、と大きく紫煙《しえん》を吐いた。

ならばせいぜい足掻《あが》けばいい、と思う。刀を捨てたところで、あの男の本質は変わらない。人斬りが人を斬ることを止めたところで、何かを守れるはずなどないのだから。

斎藤は新たに煙草に火を付け、抜刀斎に背を向けた。

※

今から約一六〇年前。
黒船《くろふね》来航から始まった『幕末』の動乱期、
渦中《かちゅう》であった京都に『人斬り抜刀斎』と呼ばれた志士がいた。
その男は、動乱の終結と共に姿を消した。
一人の『流浪人《るろうに》』となって――。

彼が再び姿を現すのは、十年後のことである。

※この作品はフィクションです。実在の人物・団体・事件などにはいっさい関係ありません。

集英社オレンジ文庫をお買い上げいただき、ありがとうございます。
ご意見・ご感想をお待ちしております。

● あて先
〒101-8050　東京都千代田区一ツ橋2-5-10
集英社オレンジ文庫編集部 気付
田中　創先生／和月伸宏先生

映画ノベライズ
るろうに剣心　最終章 The Beginning

集英社
オレンジ文庫

2021年6月9日　第1刷発行

著　者　田中　創
原　作　和月伸宏
脚　本　大友啓史
編集協力　藤原直人(STICK-OUT)
発行者　北畠輝幸
発行所　株式会社集英社
〒101-8050東京都千代田区一ツ橋2-5-10
電話【編集部】03-3230-6352
【読者係】03-3230-6080
【販売部】03-3230-6393（書店専用）
印刷所　凸版印刷株式会社

ISBN 978-4-08-680387-8 C0193